인생은 여행이고
삶은 휴가다

인생은 여행이고 삶은 휴가다

발행일	2022년 9월 1일		
지은이	이광용		
펴낸이	손형국		
펴낸곳	(주)북랩		
편집인	선일영	편집	정두철, 배진용, 김현아, 박준, 장하영
디자인	이현수, 김민하, 김영주, 안유경	제작	박기성, 황동현, 구성우, 권태련
마케팅	김회란, 박진관		
출판등록	2004. 12. 1(제2012-000051호)		
주소	서울특별시 금천구 가산디지털 1로 168, 우림라이온스밸리 B동 B113~114호, C동 B101호		
홈페이지	www.book.co.kr		
전화번호	(02)2026-5777	팩스	(02)2026-5747

ISBN   979-11-6836-418-9 03810 (종이책)   979-11-6836-419-6 05810 (전자책)

(주)북랩 성공출판의 파트너

북랩 홈페이지와 패밀리 사이트에서 다양한 출판 솔루션을 만나 보세요!

홈페이지 book.co.kr   • **블로그** blog.naver.com/essaybook   • **출판문의** book@book.co.kr

작가 연락처 문의 ▸ ask.book.co.kr

작가 연락처는 개인정보이므로 북랩에서 알려드릴 수 없습니다.

인생은 여행이고 삶은 축가다

이광용 지음

북랩

책머리에

누구에게나 인생은 우여곡절의 질곡으로 채워진
길고도 기나긴 고단한 여정이다.
그런 인생을 살다 보면 자연히 터득하게 되는
나름의 선명하고 확고한 삶의 철학이 생긴다.
어떤 배운 이는 이를 세련되고 절제된 언어로 표현하고
그런 그들을 우리는 시인이라 부른다.
어떤 깨우친 이는 이를 심오한 경지의 학문으로 정리한다.
그런 그들을 우리는 철학자라 부른다.
어떤 유별난 이는 이를 무협지에 나오는 영웅담으로 포장한다.
그런 그들을 우리는 사업가라 부른다.
어떤 운 없는 이는 이를 팔자가 박복한 운명으로 생각한다.
그런 그들을 우리는 실패한 인생이라 부른다.
어떤 이는 주어진 만큼 감사하며 행복으로 생각한다.
그들을 우리는 성공한 인생이라 부른다.

나 또한 그런저런 나름의 인생을 살았기에
인생이 六十甲子를 한 번 돌 무렵, 갑자기 여유가 생겨
고향 집 평상에 앉아 들녘에 펼쳐진 논을 바라보며
지난날을 되돌아보며 차분히 생각해 보았다.
여전히 나의 인생은 현재진행형이지만
지난 세월을 되돌아보면 할 이야기도 많고, 추억도 많다.
지나고 보니 황망하고 서러운 일들도 많았고,
생각해 보니 가슴을 칠 만큼 억울하고 분한 세월도 있었다.

만만치 않은 모진 세월을 견디고 버텨온
내 인생이 대견해 스스로 경의를 표해도 될 만큼
최선을 다해 살았기에 여한은 없다.

후회도 없지는 않지만 지나간 것은 그런대로 의미가 있다.
애당초 빈손으로 태어났기에 가진 만큼 이득인 것은 분명하다.
행복한 일만 있었던 것은 아니지만 가족도 있고
노안에 허리는 아프지만, 건강도 아직까지는 온전하다.
외롭지 않을 만큼, 딱 그만큼의 친구도 있다.
재산도 많지는 않지만, 남들에게 기죽지 않아도 될 만큼은 모았고
작으면 작은 대로 살아가는 요령도 배웠다.
그럼 된 거다. 여기서 더 욕심을 내면 내가 나쁜 거다.

"누구에게나 인생은 여행이고 삶은 휴가다."

어느 날 엘시티의 분양광고를 준비하다 띠올린 문장으로
실제로 TV 상업광고에 사용한 카피다.
어쩌면 나의 내면에서 자리 잡고 있던 영감이…
답도 없는 삶에서 건져 올린 개똥철학이…
후회로 점철되었던 통한의 세월의 아픔이…
나름 열심히 인생을 살았다고 생각하는 자부심이 뒤엉켜
그럴듯한 문맥으로 표현된 것 같아
자기애로 무장된 나의 마음에 와닿았다.
나는 그날 이후 이 카피를 내 인생의 좌표로 삼기로 했다.
이 책은 나에게 허락된 운명만큼 욕심의 크기를 줄이고,
나를 감싸고 있는 행복의 긍정적인 에너지들을 모아
남은 여행을 휴가처럼 즐기며 살고 싶은 나의 독백이다.

2022년 9월 고향 집에서

인생은 여행이고
삶은 휴가다

차례

제1장

나는 내 인생의 주인공이다

비울채울 | 뜨거움보다 따뜻함이 | 해탈 | 욕심 | 꽃잎은 떨어져도 | 호들갑 |
외사랑 | 마지막 잎새 | 수국 정원 1 | 수국 정원 2 | 감나무집 아들 | 인생 | 마음에 피는 꽃 | 할머니 닮은 꽃 | 소박함과 풍요 사이 | 홍시 | 여행과 인생 |
ROMA | 소풍 같은 인생 | 선한 배려

제5장

고단한 인생의
흔들리는 불빛으로

유혹 | 커피 이야기 | 카페의 이유 | 다육이의 삶 기 | 혼례청 | 사랑의 열매 | 결혼의 의미 | 피노키오 | 억압의 끝 | 겨울일기 | 이슬 | 솟항기 | 우주 | 반복의 이정 | 들꽃 | 보리밭 사잇길로 | 송정바다 | 마린루 | 감천마을 | 바다를 끼고 산다는 것

제1장

지나치게 고향을 좋아하는 사람
유별나게 친구들을 챙기는 사람
그래서 가족들까지 질리게 한 사람
그런 사람이 결국 가족들 몰래
고향에 집을 짓고 친구들을 불러 모았다.
내가 우울하고 지치면 가족들이 힘들고
내가 행복하면 가족들도 행복할 거라 믿는
철없는 남자는 오늘도 고향에 간다.

나는 내 인생의
주인공이다

누구에게나 인생은 드라마이고,
나는 주인공이다.
내가 써 내려가는 나의 인생 드라마는
해피엔딩이어야 한다.

누구에게나 인생은 드라마고
나는 주인공이다

인생은 고해의 바다를 항해하는 아슬아슬한 돛단배와 같아, 사람이라면 정도의 차이는 있겠지만 습관적 절망과 좌절로 이어지는 풍파와 위기의 순간들을 수도 없이 겪으며 힘겹고 버거운 인생을 산다. 그 누구도 이 세상을 살아가면서 생존과 맞닿은 인생의 바다에서 하루하루가 지옥 같은 삶을 원치 않는다. 그럼에도 불구하고 대부분의 사람들은 정도의 차이가 있을 뿐, 괴로움으로 채워진 고단하고 지친 삶을 살고 있다. 문제는 여기가 끝이 아니라 지금은 잔잔한 물결에 평온해 보이지만, 우리의 남은 인생 여정에서 내가 원하든 그렇지 않든 인생이라는 고해의 바다는 여전히 출렁이고 있고, 언제 태풍으로 돌변하여 삶에 대한 면역력을 잃어 가는 우리들에게 좌절과 더 큰 시련을 줄지 모른다는 것이다.

그런데 살아온 지난날들을 바둑판에서 복기하듯 찬찬히 되돌아보면,

인생의 위기와 고통의 절반은 정해진 운명이고, 절반은 우리의 안일하고 거친 생각과 부질없는 욕심의 마음, 그리고 자신에게 지나치게 관대하거나 자신에게 인색한 삶의 방식에 대한 그릇된 기준으로부터 시작된 일들임을 알게 된다.

우리의 주위를 둘러보면 삶과 일의 균형을 맞추어, 소소하지만 내려놓음을 통해 주어진 것에 만족하고 감사하며 그 안에서 확실한 행복을 추구하고 현명하게 인생을 즐기며 살아가는 이들도 정말 많다. 그러나 반대로 엄청난 재산을 가지고도 스스로 정한 삶의 방식에 대한 불행한 기준과 가치관, 인간관계에 대한 야박한 신념을 생활신조로 삼은 탓에 비우지 못하고 채우려고만 하다가 피곤과 원망에 찌들고 풍요 속 빈곤함에 찌든 서글픈 삶을 사는 이들도 많다. 잘산다는 것은 부자를 지칭하는 말이 아니다.

하나밖에 없는 이에게 하나는 전부다. 그러나 열을 가진 사람들도 하나가 전부인 것처럼 산다. 그래서 하나 가진 사람은 비울 것이 없어서, 열을 가진 사람은 버릴 것이 없어서 비움이 힘들고 나눔은 더욱 어렵다. 흙수저로 태어나 근대화와 현대화의 시대를 관통하며 피눈물에 젖은 맨손으로 치열한 인생의 결과물을 만든 이들은 그 결과가 아까워 차마 쓰지도 못하고 감히 즐기지도 못한다. 자식들을 키우느라, 그리고 일을 사랑해서 즐길 시간이 없었다고 스스로 합리화하지만 정작 일 외에 할 줄 아는 것이 없는, 재미없는 인생을 살아왔다고 스스로 인정하지는 못한다. 내가 주인공인 내 인생에서 정작 지금, 보상을 받아야 할 사람은 내가 지켜온 가족이 아니라, 치열하고 처절한 삶을 살아온 자신임을 모르는 것은 정말 불행한 일이다. 자신의 피눈물로 일구어 놓은 결과물임에도 불구하고, 남의 눈치를 보느라 자신의 즐거움과 행복을 위해서는 섣불리 배려하지 못한다. 내가 없으면 세상은 아무런 의미가 없고 내가 진심으로 행복하지 않는데 어떻게 가족들이 행복할 수 있을까? 이를 지켜보는 가족들이 더 버거울 수도 있다.

참으로 모질고 힘들었던 우리 부모 세대의 희생을 보며, 가난이 싫어 무조건 벌어야 했던 우리 세대. 그러나 다행히 다음 세대는 자신을 위해 살 줄 아는, 부에 대한 가치관이 달라진 현명한 시대를 살고 있다. 그런 시대의 흐름에 우리가 편승한다 해도 결코 미안할 것이 없다. 그것이 힘든 세월 힘겹게 헤쳐 온, 그리고 앞으로 남은 인생을 당당하게 헤쳐 갈 자신에 대한 예의와 보상이며, 함께 사는 가족들을 진심으로 위하는 것일 수도 있다.

어쩌면 인생에서 가장 힘겨운 싸움은 스스로 인생의 가치를 알아내는 치열한 싸움일 것이다. 장엄하고 스펙터클한 그 싸움에는 음모와 배신도 있고, 절망과 파멸도 있다. 그러다가 사랑과 휴머니즘도 있고 전설처럼 드라마틱한 아름다운 반전도 있다. 누구에게나 인생은 드라마이고, 나는 주인공이다. 내가 써 내려가는 나의 인생 드라마는 해피엔딩으로 마무리되어야 한다.

비울채울

채워도 채워도 채워지지 않은 욕심은 끝이 없다
행복은 성적순이 아니듯 재산순은 더욱 아니다
수없이 다짐하지만 나는 오늘도 채우고 있다
혹한의 겨울 같은, 뼛속까지 시린 청춘을 보냈기에
오늘까지만 채우고 내일은 비워야겠다 다짐한다
내일이 또 오늘이 되지 않기를 간절히 소망하며
나는 오늘도 거울 같은 타인의 삶에서 나를 본다

뜨거움보다 따뜻함이

진심은 차고 넘쳤지만, 요령이 없었고
거칠 것이 없어 보였지만 용기가 없었다
청춘의 열정은 활화산처럼 뜨거웠지만
들뜬 마음에 오만과 편견 사이에 살아야 했다
몇 번의 눈물을 흘리고 나서야,
뜨거움보다 따뜻함이 힘이 있음을 알았다

해탈

인생은 어디서 왔다가 어디로 가는가?
쇼펜하우어가 던진 번뇌와 방황의 화두가
한적한 산사의 백일 안거를 택하는 날
스님의 거실에서 향기로운 차 한잔을 받았다
따스한 햇살과 스쳐 가는 바람을 맞으며
가지런히 놓인 신발은 욕망과 욕심으로 찌든
속세의 펄밭으로 돌아갈 생각을 접는다

욕심

소유에 집착하기 때문에
잃어버림을 두려워하고
나눔과 베풂을 멀리한다
반복되는 집착은 욕심이 되고
그 욕심은 채워도 채워도
채워지지 않는 옹색함으로
나를 모난 외통수에 가둔다

피카소가 처음부터 개인전을 연 것도 아니고,
조용필이 처음부터 콘서트를 연 것도 아니며,
박경리 작가가 처음부터 대하소설을 쓴 것도 아니다.

나의 버킷리스트

공자님께서 오래전 세상의 어떤 유혹에도 흔들리지 않아야 할 때라며 가르쳐 주신 불혹의 나이 마흔 살에 도달할 즈음, 기특하게도 나는 나름 느낀 바 있어 숙연한 마음으로 나의 지나간 인생을 되돌아보는 냉정한 평가의 시간을 가졌다. 지난 힘든 세월, 열심히만 살아왔기에 철없던 시절의 부끄러움과 민망함과 정체성 없던 허송세월에 대한 회한과 후회와 함께 무엇 하나 제대로 일구어 놓은 인생의 성과물이 없었음을 인정하고 나니 순간 이내 허탈감이 밀려왔다. 이내 한 번뿐인 소중한 내 인생인데 이대로는 안 되겠다는 생각이 들었지만, 해결의 실마리가 보이지 않아 무거운 고민만으로 대책 없이 또 의미 없는 시간을 보내고 있을 때, 아주 세련되고 품격이 있는 영어단어 하나를 발견했다. 그것은 잭 니콜슨과 모건 프리먼이 주연한 영화의 제목, 'bucket list'였다. 이거다 싶었던 나는 즉각 나의 버킷리스트를 작성해 보았다.

무미건조했던 내 인생의 진정성과 정체성에 대해 고민만 하던 마음에

한 줄기 빛이 보이는 듯했다. 그동안 이런저런 핑계로 미루어 왔던, 인생의 수많은 미련의 아쉬움들을 하나둘 나열하고, 수십 번을 수정 끝에 완성한 나의 버킷리스트는 '내가 내 삶의 주인공이 된다'는 것을 목표로, '다섯 개의 인생 결과물과 살다 간 흔적을 남기겠다'라는 것이다. 내가 인생의 주인공이 되기 위한 과감한 시도였고, 내가 조금만 노력하면 실행 가능한 현실적인 것들이었다.

미리미리 준비하지 못한 은퇴 생활은, 오랜 의무와 책임에서는 해방됐지만 마음은 뒤숭숭하고 허탈감, 상실감, 무기력 등이 몰아치는 삭풍광야에 홀로 서는 것과 같다. 사회활동을 하는 동안에는 조직과 동료가, 그리고 열정을 다한 일들이 나의 존재감을 채워준다. 하지만 은퇴 이후에는 지나간 자신만의 이야기로 남은 세월을 버티고 존재감을 유지하기가 쉽지 않아진다. 그러니 전설 같은 지나간 일들을 영웅담처럼 반복하는 허세로 존재감을 세우려 하지만, 뼈마디마다 스며드는 소외감과 상실감은 자존감을 잃게 하고 외로움과 섭섭함은 칼에 베인 상처처럼 다가온다.

우리가 나이 들어 존재감을 유지하고 상실감을 치유하며 무력감을 해소할 수 있는 대책 없이 노후를 맞이한다는 것은 스스로 지옥문을 여는 것이다. 그래서 지독한 현실과 꿈꾸는 이상이 조화를 이루는, 실행 가능한 전략적인 버킷리스트를 준비하기 위해서 자신의 능력과 취향의 냉정한 평가 아래 인생의 단계별로 청년 시절에 버킷리스트를 만들고, 중년에 다듬고 완성해서 노년에 거침없이 실행하는 지혜롭고 현명한 인생의 전략이 필요하다. 청년 시절부터 미리미리 준비한 버킷리스트는 품격 있는 인생의 기준과 목표를 정해 주는 나침판과 같은 것이기에, 거창하고 거대한 인생의 목표보다는 자신의 개성과 인간적 감성을 바탕으로 지친 삶에 즐거움과 위로와 확신의 존재감을 키워 줄 수 있는 소박하고 현실적인 것들이 좋다. 하고 싶은 일과 할 수 있는 일은 엄연히 다른 것임을 인정하는 현명함으로, 옥상의 작은 텃밭과 귀농을 통한 자연으로의 회귀도 좋고, 좋은 사람과의 여행도 좋고, 예술과 취미로의 입문도 가장 현실적인 대안이 될 수 있다.

예술의 깊이를 생각하지 말고, 취미의 수준을 생각하지 말고, 여행의 품격을 생각하지 말고, 자신의 능력을 과소평가하지 말고 숨어 있는 재능을 찾음으로써 스스로에게 희열을 느끼는 자기애에 충만한 자기만족이면 족하다. 피카소가 처음부터 개인전을 연 것도 아니고, 조용필이 처음부터 콘서트를 연 것도 아니며, 박경리 작가가 처음부터 대하소설을 쓴 것도 아니니 겁낼 필요도 없다. 다소 부족하면 어떻고 많이 모자라면 어떤가? 더 즐기고 더 배워서 채워 넣으면 되는 것이고, 소소하지만 확실한 행복을 챙기면 된다. 남의 시선을 의식하며 잘하고 싶고 인정받고 싶은 욕심은 퇴직하는 날 사직서와 함께 서랍 속에 두고 오면 된다.

꽃잎은 떨어져도

손대면 터질 듯한 꽃 몽우리와
바람에 살랑이던 싱그러운 잎을 만났다
촌집 지붕 위 하늘 가득 채우던
보석같이 반짝이는 별들도 만났다
지금껏 그 많던 아름다운 것들을 잊고
상처가 되는 비열한 거리에 서 있었다
결코 그들의 잘못만은 아니었다
멈추니 비로소 그런 것들이 보였다

호들갑

겨우내 버려진 땅에서도 주눅 들지 않았던
호박잎은 연록의 솜털 갑옷 입고 들녘을 평정한다
호박이 넝쿨채라는 찬사를 듣고 싶은 욕심에
똬리에 똬리를 틀고 공간만 보이면 자리를 잡아서
꽉 찬 결실로 이야기하리니 호박이라 비웃지 마라
거침없는 호들갑에 새 한 마리 다가온다

외사랑

하루에도 몇 번씩 다녀갔다고 전해 주소
혹시나 잊지는 않았는지
혹시나 놓치지는 않았는지
혹시나 오늘이 끝일 수도 있으니
내일 내가 다시 올 수 있을지는 나의 소관은 아니니
내일 꽃 피어 혹시나 그대가 나를 찾거든,
몇 번이나 왔다가 그냥 갔다고 전해 주소

마지막 잎새

떨어짐도 아름다움이 될 수 있다
마지막도 허투루 보낼 수 없다
비록 나무에서 떨어져
바람에 흩날리는 낙엽이지만
마지막까지 나는 나로 기억되고 싶다
계절이 바뀌는 고향 집 화단에서
내 인생의 사부를 만났다

지금은 내가 가족과 조직의 힘이겠지만

조만간 내가 은퇴하는 날, 짐이 될 수도 있다.

나는 내가 죽는 날까지 누구에게도

짐으로 살고 싶은 마음은 추호도 없고

특별히 의미 있는 특별한 존재로 살고 싶다.

나의 귀향일기

나의 아버지는 경북 영일군 청하면 미남리 401번지 가난한 촌집에서 7
남매의 맏이로 태어나 초등학교도 겨우 마치시고, 겨우 열여섯의 나이
에 가족들의 생계를 위해 고향을 떠나 아무런 연고도 없는 강원도 속초
에서, 묵호에서, 그리고 부산에서 거칠고 무심한 바다와 외롭게 싸우시
며 배를 타셨다. 그렇게 시작한 노동의 새벽은 징그럽게도 40년간이나
이어졌고 모진 세월 힘들게 한 푼, 두 푼 모으신 아버지는 마침내 고향
으로 돌아와 직접 설계도 하시고 막냇삼촌과 함께 여름 내내 땀 흘리며
모래와 시멘트를 섞어 블럭을 손수 만드시고 고향 집을 지으셨다.

그러나 그렇게 행복한 꿈에 부풀어 고향으로 돌아오신 아버지는 불과
몇 년 뒤 나와 쌍둥이 동생이 하라는 공부는 않고 친구들과 어울려 하
루가 멀다 하고 사고들을 치는 바람에 자식들의 미래가 농촌에서는 보
이지 않는다고 판단하셨고, 우리들의 공부를 위해 눈물을 머금고 직접
지으신 집과 땅을 팔고 고향을 떠나 부산으로 이사 오셨다. 언젠가는

다시 고향으로 돌아가 농사를 지으며 노후를 보내실 요량이셨지만 무심한 세월에 그러지 못했고, 결국 나의 아버지는 20년 전 지친 삶의 짐을 내려놓고 세상을 떠나셨다. 남의 손에 넘기셨던 고향 집은 폐가가 되어 오랜 세월 무심하게 방치되었다.

아버지는 40년이나 준비하신 당신의 소박하지만 소중한 꿈을 우리를 위해 버리셨던 것이기에, 폐가가 된 고향 집을 볼 때마다 미안하고 죄송한 마음이 들었다. 나도 고향의 품으로 돌아와 그리도 간절했던, 아버지의 못다 이룬 꿈이었던 고향 집을 짓고 소박한 삶을 살고 싶어졌다. 나이가 들면 들수록 그 생각은 내 인생의 무거운 숙제처럼 굳어져 갔다. 결국 그 간절한 소망은 나이 마흔에 만든 나의 버킷리스트 1호가 되었고, 4년 전 다행히 경제적 여유가 허락할 무렵 마음 독하게 먹고 청하중학교 앞에 아버지가 귀향하시려 사셨다가 자식 교육을 위해 파신 딱 그 크기만큼의 땅을 구입했다. 원래는 천천히 고향 집을 지을 생각이었지만 땅을 사고 나니 노모의 구순잔치를 고향 집 마당에서 치르고 싶어졌다. 빨리 꿈을 이루고 싶은 생각에 마음이 급해졌다.

고향 집 공사의 첫 삽을 뜨는 날 아침, 아버지가 50년 전에 직접 만드셨던 블록 하나를 어렵게 구해 촌 집터 기초의 중심에 심었다. 집터에 아버지가 만든 블록을 놓고 나니 순간 가슴 먹먹한 회한이 밀려왔다. 옆에서 지켜보시던 팔순 노모는 결국 눈물을 보이셨다. 고향과 아버지는 내 인생의 희노애락을 관통하는 키워드이자 신앙이다. 나의 버킷리스트 1호인 나의 고향 집은 옛날 아버지의 집이자 현재의 나의 집이고,

세월 뒤 아들과 딸의 집이고 손주들의 집이 될 것이기에, 정서적 유산을 물려준다는 생각에 온 정성을 다해 나만의 우주 같은 행복한 정원을 꾸민다.

집을 지으면서, 나의 고향 집에 내가 좋아하는 정겨운 이들과 친구들이 찾아오면 마당 평상에 둘러앉아 부추전에 막걸리와 수제비까지 함께할 그림을 그리니 이내 가슴이 달처럼 부풀었고 진심으로 행복했다. 지금은 내가 가족과 조직의 힘이겠지만 조만간 내가 은퇴하는 날, 짐이 될 수도 있다. 나는 죽는 날까지 누구에게도 짐으로 살고 싶은 마음은 추호도 없고 특별히 의미 있는 존재로 살고 싶기에 스스로 행복한 꿈을 지킬 고향 집을 지었다. 나의 귀향은 나의 귀향이기도 하지만 아버지의 귀향이다. 고향을 떠나온 사람에게는 그때의 처지에 따라 고향은 초라함을 마주한 안타까움과 회한의 대상이 되기도 하고 그리움과 뿌듯함의 대상이 되기도 한다.

고향은 시간과 공간을 초월하여 나의 마음에 각인된 그리움으로 형성된 또 하나의 우주이다. 어머니 날 낳으신 곳과 아버지 날 기른 곳이 고향이고, 친구가 태어난 곳도, 나를 안아 준 산천도 고향이다. 나이가 들어갈수록 고향의 품에서 살고 싶은 마음에, 촌놈이라 놀림받던 것이 그리도 싫던 나는 환갑에서야 고향으로 돌아와 스스로 촌놈이 되었다.

수국 정원 1

집사람은 유독 수국을 좋아한다
내 머릿속 몇 년 후 내 촌집 마당은
이미 수국으로 가득 채워져 있다
꽃은 정겨운 어울림의 풍성함이 예쁘다
초여름 아름다운 마당에서 햇볕 아래
수국처럼 넉넉한 그대를 만나고 싶다

수국 정원 2

수국의 정원에는 현숙함이 있어서 좋다
화려하지 않지만 그 자태가 범상치도 않다
과하지도 않게 부족하지도 않게
현숙한 여인의 모습처럼 그윽하게 다가오니
내 그대를 마다할 이유가 없다
수국의 정원에서 현숙한 여인의 품격을 만난다

감나무집 아들

봄엔 떫은 노란 감꽃을 먹었고
여름엔 떨어진 애기 감을 먹었으며
가을엔 떨어진 홍시를 흙을 털고 먹었다
겨울엔 단지에 삭힌 감을 먹었고
설날엔 말랑한 곶감을 먹었다
내 어릴 적 감나무는 아낌없이 주는 나무다
그래서 홍시를 보면 엄마가 생각난다

인생

설익은 감은 떫다
이 모진 풍파와 찬 서리를 맞은
단단함이 부드러움으로 익을 때
그제야 단맛을 낸다
인생 또한 그렇다
육십 줄의 감나무집 아들에게
잊지 않고 매번 가르쳐 주는
그대가 있어 고맙다

귀농과 귀촌은 어느 정도의
여유가 되는 사람들의 전유물이 아니라
잃어버린 나와 희망을 찾으려는
용기 있는 사람들만이 챙길 수 있는 전리품이다.

전원생활을 꿈꾸십니까?

전원생활의 가장 큰 매력은 생활이 단순해지면서 삶의 속도를 스스로 조절하며 산다는 것과, 일상이 자연 친화적으로 바뀌어 계절 따라 피고 지는 꽃과 햇살과 바람, 그리고 심은 만큼 넉넉히 배려하는 흙의 인심을 내 사랑하는 사람들과 나눌 수 있는 넉넉한 여백의 풍경에 있다. 거기에다 치열하게 경쟁하며 살아온 지나간 인생을 반추하고 앞으로 다가올 나의 생을 경건히 맞이할 수 있는 시간적 여유까지 덤으로 따라오니, 전원생활은 분명 도시 생활에 찌든 사람들에게 드라마틱한 환상을 가지게 한다.

그러나 막상 도전하려니 모아놓은 재산과 여유자금이 없어서 엄두를 낼 수가 없고, 그렇다고 그저 부러움의 시선으로 바라보기만 하는 것은 인생에서 또 한번 지는 것 같은 느낌이 드는 것도 사실이다. 하지만 나는 재벌이 귀농했다는 소리를 들은 적이 없다. 도시의 30평 아파트에서 매일 갇혀 사느니, 그 돈이면 50평 집에 텃밭 가꾸며 열린 공간에서 살 수 있으니 내려놓은 만큼 쥐어지고 비운 만큼 채워진다. 그러니 귀농과 귀촌은 어느 정도의 여유가 되는 사람들의 전유물이 아니라, 남을 위해 나를 버렸던 인생의 전장에서 스스로 잃어버린 자신의 삶을 찾으려는 용기 있는 사람들만이 챙길 수 있는 인생의 전리품일 수 있다. 그래서 충분한 가치가 있다.

하지만 도시에서 힘들고 고단하였으니 시골에 가면 편하고 행복할 것이라는 막연하고 감상적인 생각은 위험하다. 즉흥적이고 무계획적인 귀촌과 귀농은 제2의 인생을 나락으로 밀어 넣는 최악의 자충수가 된다. TV에 소개되는 귀농과 귀촌의 행복하고 달달한 모습들은 그들이 수십 번의 시행착오를 거쳐 만들어진, 보기 좋은 그림들만 모아서 보여주는 '트루먼쇼'이거나 예능이라는 것을 간과해서는 안 된다. 그래서 전원생활을 하려면 몇 년 전부터 공부하고 준비하며 부지런히 발품을 팔아야 하고, 먼저 저지른 사람들의 실패와 성공의 이야기들을 진지하게 경청하여야 한다.

고향 집을 지으면서 많은 발품을 팔았던 나 역시, 나에게 허락된 전원생활이 오랫동안 간절히 소망하던 것이고, 모든 것이 처음이니 설레고 모든 것들이 신기하고 행복했지만, 상상을 뛰어넘는 어려움과 전혀 예상치 못했던 어려움도 많았다. 남다른 손재주가 있다고 자신했고, 청년 시절 온갖 궂은일을 많이 해본 사람이니 마음만 먹으면 웬만한 것을 다 할 수 있다는 착각으로 무턱대고 덤볐다가 낭패를 본 적이 한두 번이 아니다. 시행착오의 연속이었고, 전원생활을 반대했던 집사람의 면박도 덤으로 안겨졌다. 전원생활은 불편함의 일상이 지천에 깔려 있다. 돌아서면 나는 풀 뽑는 것은 기본이고, 시간이 지나면 새집은 하나둘 고장이 난다. 부서지고 고장 난 무엇 하나를 고치고 만들려 해도 필요한 도구와 장비가 수십 개고, 사람을 부르면 인건비가 엄두가 나지 않는다. 벌레라면 기겁을 하는 아이들과 집사람. 촌놈이면서도 무서운 뱀. 밤새도록 짖어대는 개 소리, 그리고 새벽을 깨우는 닭의 홰치는 소리와 퇴비의 역한 냄새, 근처 과수원과 논에서 날아오는 농약 냄새. 받아들이기와 느끼기에 따라 천국과 지옥이 공존한다. 도시는 재미있는 지옥이고 농촌은 심심한 천국이다.

그럼에도 불구하고, 지금 도시와 농촌을 오가며 도시농부의 절충형 전원생활을 하고 있는 나는 느림과 멈춤에 대한 적극적 의지를 전제로 전원생활을 강력하게 권한다. 모든 불편함을 감수하고도 전원생활로 얻는 이득이 손해보다 훨씬 크기 때문이다. 사람은 누구에게나 개성을 지탱하는 취향이 있고, 남들은 힘들어 쳐다보지도 않는 힘든 일을 즐기는 사람들도 많다. 그런 측면에서 전원생활은 행복을 위한 최고의 적성이고, 여백을 즐기는 최상의 취향이며, 자기만족의 넉넉한 여백의 마당이다. 치열한 전투 같은 삶을 살고 살아남은 이들이여, 한번쯤은 인생이라는 전장에서 승자가 되어 자연이 주는 전리품을 챙기면서 온전히 내가 주인인, 내가 관장하는 소박한 왕국에서 내 인생의 주인공으로 살아 봐야 하지 않겠는가?

마음에 피는 꽃

그해 피고 지는 꽃 중에
유독 나이가 있는 꽃
내 어머니의 어머니가 생각나는 꽃
분명 꽃임에도 예쁘다는 생각보다
짠한 느낌이 마음속으로부터 피는 꽃
내 어머니의 어머니를 닮았으니
이 꽃은 마음에 먼저 피는 꽃이다

할머니 닮은 꽃

우리나라 최고의 부자 호암이 태어난 집
의령의 생가 그 마당에 핀 꽃은 할미꽃이다
넝쿨장미와 백합으로 호사스럽게 채워진 정원의
부잣집 화려한 꽃밭을 기대했건만
의외의 소박함이 부자의 기운을 받으러 찾아간
허황된 꿈을 꾸는 나에게 많은 생각을 피게 한다
소박함은 풍요의 또 다른 이유가 된다

소박함과 풍요 사이

언제나 가도 변하지 않는 고향의 모습이 고맙기도 하지만
도시의 물을 먹고 도시의 영화에 취해 버린 교만함의 끝에서
때로는 그 변하지 않는 궁색함이 초라하게 느껴진다
초가집도 없애고 마을 길도 넓히다가 콘크리트로 뒤덮은 덕에
사라져 버린 우리네 소박한 시골 풍경이 그립던 어느 날
퇴계 본가 안동에서 어머니와 아버지의 인생을 만났다

홍시

덕은 베풀 줄 아는 자연에서 시작되고
우리는 보상 없는 습득으로 자연을 누린다
염치없는 빌려 씀이 미안하지는 않은가?
습관처럼 받아 씀이 고맙지는 않은가?
그래서 경외하는 마음으로 기억하고 싶은 마음으로
내 엄마를 닮은 홍시를 카메라앵글은
조건 없는 그런 사랑을 기억하게 한다

여행은 거룩하고 심오한 행위가 아닌
일상적이고 습관적인 운명적 본능에 가깝기 때문이다.
그래서 우리는 길에서 많은 것을 얻는다.

인생은 여행이고 삶은 휴가다

'인생은 여행이고 삶은 휴가다'. 어느 날 부산 엘시티의 아파트 분양광고 카피를 고민하다 생각한 문구였다. 어릴 적부터 여행을 통해 새로운 곳에서 설렘을 찾고 익숙한 곳에서 편안함을 찾기를 즐기는, 유익하고 기특한 습관은 내 삶을 윤택하게 만들어 주는 에너지원이었다. 수많은 여행을 하면서 느낀 인생에 대한 고민들, 늘 생각하고 있던 막연한 삶의 이정표가 한 문장으로 정리된 것 같아 마음에 들었다. 그날부로 내가 정한 내 삶의 좌표가 되었고, 나는 그 좌표를 확인하기 위해 부지런히 여행을 떠났다.

몇 년 전 어떤 기자 후배에게 내가 경험한 여행에 대한 인생철학을 이야기해 주었더니, 자극과 함께 '필'을 받아 과감하게 회사에 3개월간 휴가계를 내고 3천만 원이나 마이너스 대출을 받아 자녀 둘을 데리고 유럽 배낭여행을 떠나 버렸다. 나도 못 한 일을 후배는 저지르고 말았다. 어느날 TV에서 울산의 어떤 교사는 중고 버스를 개조해 자녀 세 명과 함께 6개월간 유라시아 횡단이라는 엄청난 모험을 즐기는 것도 보았다. 이젠 이런 이야기들이 새롭고 신기한 모험가의 엄청난 일이 아니라 시대적인 트렌드가 되어 가는 분위기다. 처음엔 그곳이 알고 싶어 갔다가 나를 알게 되는 것이 여행이라는 말처럼, 여행은 우리를 사색에 빠지게 하는 철학자가 되게 하니 우리는 길에서 정말 많은 것을 얻을 수 있다. *得道*라는 말이 있는 이유이다.

내가 경험한 여행에는 두 가지 중요한 요소가 있다. 어디를 가느냐는 것과 누구랑 가느냐는 것이다. 같이 가는 동반자에 따라 여행의 재미와 의미, 그리고 결과는 엄청나게 다르다. 좋은 사람을 만나야 인생이 행복하듯 좋은 사람과 떠나야 여행이 즐겁다. 사랑하는 사람과 같이하는 여행이 최고일 수도 있지만, 결과에 따라 이별 여행이 되는 경우도 허다하다. 가까이 지내다 보면 서로에게 보지 못했던 것들이 보이기 때문이다.

내가 더 좋은 사람이 되게 하는 사람. 내가 세상이 아름답다고 느끼게 하는 사람. 내가 석양을 바라볼 때 곁에 두고 싶은 사람. 내가 밤하늘의 별을 따다 주고 싶을 만큼 내가 모든 것을 양보해 주고 싶은 사람. 이성이 아니어도 우리가 하기에 따라, 내 인생에 의미를 부여할 수 있는 그런 사람들은 많이 있다. 그런 사람이 세 명만 곁에 있다면 성공한 인생이라고 해도 무방하다. 여행은 거룩하고 심오한 행위가 아닌, 일상적이고 습관적인 운명적 본능에 가깝기 때문에 따로 형식과 격식이 필요 없다. 거창하게 생각하지 않고 내키는 대로, 발길이 가는 대로 어디든 떠나는 순간 여행은 시작된다. 여행을 통해 길에서 삶의 의미와 가치를 찾은 사람들은 이구동성으로 말한다. 여행은 떠나야 시작되는 것이지, 책상 위에서의 지도와 구상은 고민에 불과하다고. 여건을 만들고 나면 체력이 발목을 잡으니 지금 떠나라. 우리가 언제 코로나19 같은 역병의 창궐을 꿈이나 꾸었으며, 이로 인해 세계 각국이 빗장을 걸어 잠그는 초유의 사태를 상상이나 했겠는가? 사랑하는 이들과 여행을 떠나는 것은 우리를 우울하게 만드는 코로나19를 이기는 방법인 동시에 인생의 백신을 맞는 것이다.

사람의 나이가 마흔을 넘어 오십을 향해 달리고 있다면, 인생은 속도가 아니라 방향이다. 바람과 하늘, 구름과 산을 한 방향에서 같이 바라봐 주는 한결같은 사람. 그런 사람과 함께 떠나는 여행이라면 삶은 휴가처럼 느껴질 것이다. 휴가 같은 삶을 꿈만 꾸지 말고, 한평생 나를 최고로 인정해 주는 유일한 내 편과 틈만 나면 떠나는 습관을 가지기를 권한다. 한 번뿐인 인생은 왔다가 머물렀다가 떠난다는 측면에서 보면 여행과 지독히도 닮았다. 여행과 같은 인생, 휴가와 같은 삶을 살고 간 어떤 여행자의 묘비에는 이런 글이 새겨져 있었다. '아름다운 곳에서 좋은 사람들과 만나 좋은 추억 만들고 잘 머물다 갑니다'. 천국도 지옥도 내 마음이 가는 길에 기다리고 있음을 기억하고 여행 같은 인생을 휴가처럼 즐기며 살자.

여행과 인생

매일 새로운 곳을 가면
매일 새로운 것을 만날 수 있다
그래서 여행을 떠나는 거다
하루하루 새로운 것을 찾다 보면
오래된 것들이 멀어지겠지
그래서 우리는 다시 머무는 거다
그리 길지 않은 인생에서
그 어떤 것도 정답일 수 없기에
떠남과 머묾의 조화가 필요한 거다

ROMA

모든 길은 로마로 통한다고 나는 그렇게 배웠다
세상의 모든 이치가 만나는 곳, 세상의 모든 가치가 만나는 곳
힘 있는 창과 끝에 선 로마는 거칠 것이 없어 보였지만
지금은 유물의 전설이 힘겹게 남아 있을 뿐이다
버스 앞자리에 앉은 덕에 로마로 통하는 길을 보았다
네로여, 시저여, 위대한 알렉산더여
그대들은 역사의 전설이지만 나는 내 인생의 전설이다
그 장엄함의 숨결을 느끼기 위해 내가 왔노라
객기 어린 호기 한 번 부려본, 로마로 가는 길

소풍 같은 인생

내려놓을 때 비로소 허락되는 여백의 삶을 만나면
갈 곳을 정하지 않았으니 길을 잃어버릴 일이 없다
만남을 정하지 않았기에 헤어짐에 아플 일이 없다
내세울 힘이 없으니 구겨질 자존심도 없다
끝없이 이어지는 인생의 종착역이 어디인지 모르지만
소풍 같은 인생에 우리 지구여행자들로 만났으니
함께 그리고 같이 가야 멀리 갈 수 있지 않겠는가?

선한 배려

여행자의 테이블에 누군가의 심쿵한 배려가 있었다
이역만리 낯선 하늘 어색한 공간이 과일 세 개로
편안하고 행복한 몸을 기댄 안식처로 바뀌었다
하지만 잠시의 기억일 뿐, 잊혀지면 미안할까 하여
카메라에 담으니 오늘은 나의 모니터에 채워지고
호텔 이름은 기억에 없으나 선한 배려는 남아 있다.

제2장

죽음을 생각하면 삶이 달라진다는 말이 있다.
한 번밖에 없는 생이기에 다음 생을 기약할 수 없다.
그러니 누구나 나이가 들어가는 것에 민감하다.
오늘 하루가 인생의 마지막이라는 절박함으로
진지하고 의미 있는 삶을 사는 것도 중요하지만
한 번뿐인 인생, 여한 없이 사는 것도 절실하다.
인생에는 정답이 없기에 내 삶의 의미는 내가 부여하고
내 방식대로 사는 것이 최고의 삶이다.

나이가 들어간다는
시간의 의미

한강 유람선을 타도 감동해서

행복의 탄성을 지르는 사람이 있는가 하면

세계 일주 크루즈를 타도 불평하는 사람이 있다.

지난 세월 되돌아보니 후회는 없다.

후회는 현실에서 겪는 가장 큰 지옥이기 때문이다.

예순의 내가 스물의 나에게

꿈 많고 순수했던 소년은 '모든 것이 나를 위해 준비된 것 같은 세상'이라고 공책에 적었다. 미래에 대한 진지한 걱정과 고민이 없었기에 친구들과 어울려 노는 하루하루가 마냥 좋았다. 얼굴에 여드름이 나고 좋아하는 여학생을 보면 두근거리던 가슴에 말도 붙이지 못하던 순진한 사춘기를 지나 열정으로 뜨거웠던 청춘의 화덕에는 싱그럽고 감미로운 추억이 구워지고 있었다. 되돌아보면 그 시절이 정말 간절히 그리운 것은 아무것도 그려지지 않았던, 모든 것에 가능성이 열려 있던 백지의 상태에서 멋진 그림을 그려 나를 채울 수 있었음에도 의지의 한계로 채우지 못했고 싱그러운 그림처럼 청춘을 즐기지 못한 아쉬움과 미련이 있기 때문이다.

걱정의 청소년기를 지나 직장이라는 냉엄한 정글에 내던져진 청년의 출근부에서 도전과 희망에 대한 두근거림과 함께 실패와 좌절의 두려움이 공존하는 지독한 현실이 있었다. 입사 초기 모든 것이 처음이라 엉성하고 서툴렀기에 좌충우돌할 수밖에 없었고, 눈칫밥을 몇 년 먹고 나니 나중에는 살아남기 위해 경계와 처세의 성벽을 충실하게 쌓아 올렸다. 나름대로 실력을 인정도 받고 능력을 평가도 받으면서, 인맥과 경쟁력이라는 것이 생기면서 교만과 겸손의 사이에서 청년의 꿈은 영글어 가고 있었다. 그리고 스물 후반에 나는 간 크게 독립을 하고 스스로 사장이 되었다.

그러다 나밖에 모르던 나에게 나보다 더 소중한 사람들이 생겼다. 천년을 기다린 듯 운명의 사람을 만나 결혼을 하고 예쁜 딸을 낳고 가정을 일구고 가장이 되자 세상은 달라 보였고, 비로소 나는 나와 내 가족, 그리고 내일에 대한 진지한 고민과 함께 미래에 대한 두려움을 보게 되었다. 그 후로 밀려오는 가족에 대한 책임감과 인생에 대한 중압감은 나를 밤잠을 설치게 했고, 무한경쟁의 처절했던 중년의 전장에 홀로 서게 했다. 치열하게 열정적으로 일했지만 청년 시절의 객기와 사회적 정의감은 융통성 뒤로 꼬리를 감추었다. 자식들에게 능력 없다는 소리를 듣는 못난 가장이 되기 싫은 까닭에 그때는 스스로 비굴함도 비열함도 감수했고 꼼수와 변칙도 흔쾌히 용인했다. 모든 가치의 기준과 목표는 가족의 행복이었기에 부끄러움도 온전히 나의 몫이었다. 영원할 것 같은 시간들이 점차 소멸되어 갔고, 그러다 남을 위해 사는 삶이 죽기보다 싫어 스스로 은퇴를 하였지만 불청객처럼 맞이한 백수의 시간이 찾아오니 모든 것이 멈춰 버린 듯 허탈감이 찾아왔다. 지난 세월 가족을 위한 사투의 흔적은 망각의 빛바랜 훈장이 되어 미련의 진열장에 안치되었다.

한강 유람선을 타도 행복해 탄성을 지르는 사람이 있는가 하면 세계 일주 크루즈를 타도 불평하는 사람이 있다. 돈이 없는 사람은 돈이 없어 행복하지 못하고, 돈 많은 사람은 그 돈을 빼앗기지 않고 지켜야 하기에 행복하지 못하다. 후회는 현실에서 겪는 가장 큰 지옥이다. 비록 많이 모으지는 못했고 많은 성과를 일구지 못하였지만 최선을 다했기에 후회는 없다. 모든 것이 처음이어서 엉성하고 서툴렀던 인생이지만 영원한 삶은 없으니 앞으로 맞이할 늙음도, 정들었던 것들과의 이별도 죽음도 처음일 것이다. 그동안 살아오면서 누릴 만큼 누렸고 불평과 불만은 할 만큼 했으니, 이제는 내가 소유한 만큼의 소박한 삶의 자세를 유지하면서 나를 지탱하게 하는 소중한 인연들과 함께하는 넉넉한 세상을 살아야겠다. 부족했지만 최선을 다했고, 훌륭하지는 않았지만 부끄럽지 않은 삶을 살아온 나의 새로운 인생 2막은 '한 번뿐인 인생, 운 좋게도 아름나운 지구에서 아름다운 사람들과 후회 없이 살았다'라는 인생 비망록을 살다 간 흔적으로 남기기 위해, 고생한 나를 위한 배려와 보상으로 채워야겠다.

處染常淨 1

꽃봉오리 티트린 연꽃잎 속
삼라만상 다스릴
법문들로 가득 채워져 있다
꽃잎이 하나둘 열릴 때마다
속세는 향기로 채워져
후회 없는 봄날을 즐길
준비를 마쳤다
오묘하고 신비로운 우주는
연꽃 하나를 가득 채우고 있었다

용서의 품격

용서와 배려는 남을 위한 것이 아니라
나 편하고자 하는 일인데도
나는 손해 보는 것같이 억울하다
그래서 마음을 열기에 인색하고
마음을 주기엔 더더욱 어렵다
용서는 대범함이 주는 기분 좋은 복수이고
배려는 감사함이 주는 세상을 향한 미소다
이 셈법을 알고 나면 편하게 살 수 있다

꽃길

그대가 먼 산을 볼 때도 나는 그대를 보고 있었고
그대가 고개를 돌릴 때도 나는 그대만 보고 있었다
그대는 절대 외로워 마라 외로움은 나 하나면 족하니
그대는 절대 울지 마라 내가 흘린 눈물만으로 족하다
그대는 평생 꽃신만 신고 평생 꽃길만 걸으라

處染常淨 2

연꽃은 진흙에서 피지만 흙을 묻히지 않는다
꽃과 열매가 같이 피고 맺히고 줄기는 비어 있다
그런 연꽃도 흐린 날엔 결코 얼굴을 내밀지 않는다
단아한 자태와 단호한 기품이 속세를 만날 때,
중생에게 연꽃은 꽃이 아니라 법전이다

우리 세대가 흘린 눈물과 땀의 가치가
평가절하되는 일은 없었으면 좋겠다는 생각도
꼰대의 생각일 것 같아 조심스러운
시대와의 불화가 서글프다.

인생을 노래한 적이 있는가?

내가 이벤트 기획자로 필드에서 열심히 활동했던 시절, 90년대를 풍미한 힙합그룹 DJ DOC의 이하늘은 내가 기획한 행사에 펑크를 내서 난생처음 소송까지 간 개인적인 악연도 있을 만큼 정말 크고 작은 사고를 많이 쳤다. 그것이 DJ DOC의 캐릭터가 되었고 나에게는 정말 꼴 보기 싫은 연예인 중 한 명이었다. 그런 DJ DOC의 이하늘이 의아하게도 모 방송국의 가요 오디션 프로그램에 심사위원이 됐다. 사고뭉치인 이하늘이 누군가의 노력과 땀을 평가하는 심사위원이 된 이유를 이해할 수 없어 불만이었지만 나에게는 막을 권한이 없었고, 자신의 음악 세계를 통한 인생역전을 꿈꾸는 이들의 각본 없는 인생 드라마가 연출되는 프로여서 열혈 시청자가 되었다.

그 오디션 프로그램에 어느 날, 희끗희끗한 흰머리의 중년 신사가 출연했다. 초등학생부터 대학생까지가 주류를 이루는 오디션 참가자들 사이에 오십이 훌쩍 넘은 중년의 출연은 시선과 관심을 끌기에 충분했다. 그 중년 신사가 부른 노래는 김목경과 김광석이 불렀던 '어느 60대

노부부 이야기'라는 곡이었다. 나름 김광석과의 개인적인 인연의 추억과, 내 인생의 아픈 사연을 함께 가지고 있는 의미 있는 노래이기도 했다. "곱고 희던 그 손으로 넥타이를 매어 주던 때 어렴풋이 생각나오 여보 그때를 기억하오…" 호소력 넘치는 중년의 애잔한 목소리는 많은 사람들에게 잔잔한 감동을 주었고, 이내 방청석에서는 눈물을 훔치는 이들도 보였다. 나 역시 먹먹한 감동으로 흐르는 눈물을 애써 보이지 않으려 천장을 보았다. 그러나 내가 느낀 감동과는 별개로 오디션 프로그램인지라 노래가 끝나자 작품성과 음악성을 따지는 심사위원들의 혹독한 평가가 시작되었다. 대개 우리나라 오디션 프로그램의 심사위원들은 냉정한 심사라는 이름으로 독설에 가까운 심사평을 참 많이 한다. 배려는 고사하고 주관적인 평가에, 인격에 상처를 주는 말도 서슴지 않아 시청하기에 내내 불편한 분위기가 이어졌다. 사고뭉치의 대명사 이하늘의 심사평 순서가 되었다.

이하늘의 순서가 되자 그는 벌겋게 충혈된 눈으로 울먹이며 이렇게 말했다. "선생님이 눈물로 살아오신 인생을 노래하시는데 제가 어찌 그 인생을 평가할 수 있겠습니까?" 그 순간 나는 그동안 이하늘에게 갖고 있던 편견과 오해를 모두 접어 버리고, 그를 진심으로 용서하고 좋아하기로 했다. 나는 말초적 감성 앞에 이렇게 단순하다. 이하늘의 심사평에는 인생 선배에 대한 경의와 존경, 그리고 배려와 공감의 마음이 숨어 있었다. 그 순간 이하늘에 대한 나의 안 좋은 기억을 그때 매니저의 잘못과 책임으로 돌려 버렸다.

가끔 아들과 대화를 하다 보면 너무나도 다른 세대적 가치관 차이에 숨이 턱 막힐 때가 있다. 세상 산전수전 다 겪은 기성세대의 경험을 토대로 지금 세대를 걱정하고 염려하는 마음으로 조언을 해 주고 인생의 방향을 제시하지만, 아들 세대에게는 '나 때는 말이야'로 시작되는 꼰대의 '라떼' 전설로 치부될 수 있겠다는 생각이 들었다. 섭섭하기도 하지만 세태가 그렇게 변하고 말았다. 그래서 한참 언쟁을 벌이다가 이미 서로가 서 있는 곳이 다르기에 바라보는 산도 다름을 깨닫고 이내 대화를 포기해 버린다.

맨손으로 힘들게 무에서 유를 만들었다고 해서 우리 세대의 생각과 가치관이 모두 정답이라고 말할 수는 없지만, 그리고 우리 세대가 흘린 눈물과 땀의 가치가 평가절하되는 일은 없었으면 좋겠다고 생각하지만 그것 역시 꼰대의 생각일 것 같아 조심스러울 수밖에 없는, 자식들 세대와의 가치관적 불화가 서글프다. 누구에게나 추운 겨울 삭풍 광야에서 동장군이 휘두르는 칼바람 같은 춥고 혹독한 시련은 오지만, 우리에게는 곧이어 봄이 온다는 믿음과 확신도 있다. 그 믿음은 육십 평생을 살면서 한번도 틀린 적이 없다. 아버지 때도 그랬고 지금도 그랬으며 앞으로도 그럴 것이니, 추우면 온기가 있는 사람 곁에 가고, 바람 불면 고개를 숙이고, 섭섭해도 삭이다 보면 거짓말처럼 나를 알아주는 내 인생의 봄날을 맞이할 것이다. 추운 겨울을 이기고 봄의 햇살 아래서 부르는 인생의 노래, 진정한 인생의 승전가를 부를 수 있도록 어느 유행가 노래 가사처럼 늙어 가는 것이 아니라 더 익어 가야겠다.

황혼

젊었을 땐 가난한 것이 정상이고
나이 들면 외로운 것이 정상이다
증오하고 미운 것들과 싸우는 것보다
사랑하는 것을 지키는 것이 더 중요하다
이제 나를 행복하게 해 준 이들을 챙겨야지
좋아서 하는 일은 늘 잘되기 마련이니
서산을 붉게 물들이고 저물어야지

돈에 대한 단상

나눔은 호주머니가 아니라 마음에서 나온다
사람이 나이가 들면 입은 무겁게 잠그고 지갑은 열어야 한다
기억은 머리에 살고 사람은 가슴에 산다
나눔의 기억으로 따뜻한 추억을 만들고
베풂으로 좋은 사람들을 채우면 돈이 나를 찾는다
호흡을 길게 하고 꾸준함으로 버티라

새벽의 노래

누군가는 진지함으로 새벽을 열고
누군가는 익숙한 게으름에 중천을 본다
앞으로 우리에게 허락된 새벽이
몇 번일지는 아무도 모른다
오늘도 설렘을 안고, 새벽을 여는 것
그것은 신이 나를 특별히 사랑한다는 증거다

홍매화 이야기

매서운 찬바람은 겨우내 모질게도 불었다
얼어붙은 대지는 숨을 죽이고 눈치만 본다
살포시 햇살이 비추는 날 홍매화가 깃발을 들고
따사로움은 대지의 푸르름을 깨운다
그렇게 간절히 바라던 봄날의 설렘은 시작된다
인생의 봄날 나는 운명의 사람을 만났다

인생의 방황은 목표를 잃었기 때문이 아니라
기준을 잃었기 때문이다.
목표보다는 기준을 세우는 것이 현명한 방법이다.

인생의 변곡점에서

인류의 역사와 세상을 바꾼 불세출의 영웅들은 끊임없이 도전하고 좌절하고 다시 일어섬을 반복하면서, 세상을 바꾸고 살다 간 위대한 족적을 남겼다. 누구나 어릴 적에는 위인전을 읽고 노력만 하면 자신도 그런 위인이 될 수 있다고 믿는다. 나도 예외는 아니었다. 그러나 세월이 지나면 위인은 전설이고, 위대한 업적은 우리 인간계가 근접할 수 없는 불가능한 영역임을 알게 된다.

지금 대한민국이라는 나라에서 이 시대를 버겁게 살아가고 있는 보통의 사람들은 하루하루 살아가기가 힘겹기만 하다. 그래서 보통 마흔이 되고 쉰이 되면 스스로 꿈은 꿈일 뿐이라 생각하고 쉽게 포기해 버리지만, 그러나 어쩌랴, 백 세 인생에 남은 날들이 만만치 않으니 인생의 변곡점마다 느림과 멈춤을 통해 신발 끈을 고쳐 매는 요령과 지혜의 공정이 필요하다. 그 공정을 통해 하고 싶은 일과 할 수 있는 일을 가려내고, 꿈의 크기와 모양을 바꾸어 가는 노력을 지속해야 한다. 야구에서 자주 쓰는 말처럼 끝날 때까지 끝난 것이 아니고, 9회까지 웃고 있는 자가 승자가 아니라 끝났을 때 마지막 웃는 자가 승자라는 말처럼 포기하지 않는 자신에 대한 믿음이 더 큰 세상으로 나가게 한다. 지금까지 살아오면서 수많은 시행착오와 좌절, 그리고 절망과 수난의 온갖 세파를 견뎌 온 자신만의 역사 속에서, 자신만의 우주 안에서 묵묵히 내 삶을 살아온 자신에 대한 경외심을 가지고 자신의 삶에 대한 자긍심으로 자신의 무한한 잠재력을 믿어야 한다.

봄바람과 여름비는 만물을 성장하게 하지만, 가을 서리와 겨울의 눈은 만물을 성숙하게 한다. 우리 모두 자연을 닮은 그런 인생들을 살아오지 않았던가? 호사유피 인사유명(虎死留皮 人死留名)이라 그랬다. 일은 마무리가 중요하고 인생은 끝이 중요한 것이기에, 세상을 열심히 살다 간 흔적은 남겨 두어야 하는 것이 자신의 삶에 대한 예의라 생각했다.

나는 자식에게 물려줄 유산은 바람 불면 사라질 서 푼짜리 부와 명예가 아니라, 힘든 세상 힘들게 살았지만 최선을 다한 부모의 인생 이야기를 물려준다는 생각으로 청년 시절부터 끊임없이 나의 삶의 흔적을 정리해 왔다. 자기애에 충만하여 부족하면 부족한 대로 나의 소중한 역사이기에 남의 시선을 의식하지 않고 나만의 인생의 결과물들을 만들어 왔다. 기억보다 기록이 더 선명하다는 생각으로 살아가는 일상의 순간들을 사진에 담았고, 삶의 과정과 과정에서 느낀 생각과 영감을 정리해 두었다가, 어느 날 재수 좋게 쉬어 가는 여유가 찾아오면 글로 옮기고, 인생의 결과물들을 기록하고 정리하는 유익한 습관을 이어 왔다. 그래서 중요한 인생의 변곡점마다 한 권씩 책을 썼고, 환갑을 맞이한 지금 다섯 번째의 책을 쓴다. 그렇게 만든 정리된 결과물들은 세월이 지나면 잊어버릴 수도 있는 행복한 순간들을 다시 소환하여 험한 세상 숱한 고비를 슬기롭게 헤쳐 온 나를 위로하며, 나의 삶을 비추어 보는 거울이 되어 나를 다듬었고, 나를 사랑하는 사람들이 나를 잊지 않게 하는 소중한 기억의 장치가 되게 했다.

살아가면서 만나는 인생의 변곡점마다 우리는 생소하고 생경한 세상을 만나면 두려워한다. 밤길이 두려운 것은 앞이 보이지 않기 때문이다. 인생의 방황은 목표를 잃었기 때문이 아니라 기준을 잃었기 때문이라는 생각으로, 목표보다는 기준을 세우는 것이 현명한 방법이다. 내 생을 날마다 새롭게 하는 방법은 늙어 가는 것이 아니라 서서히 익어 가는 인생의 과정을 기록하는 것이다. 그러다 보면 기준과 목표가 보이게 되고, 스스로 인생의 주인공이 되려 하는 의지가 있다면 무엇으로든 채울 수밖에 없다.

나는 오늘도 인생은 잘 익은 와인처럼 숙성해 가는 것이라 믿기에, 나의 삶과 꿈을 가볍게 생각하지 않고 인생의 변곡점마다 소중하게 허락된 일상의 기억을 기록으로 남기며 되돌아봄을 통해 기준을 세우며 익어 가는 작업을 이어가야겠다.

이 또한 지나가리라

슬픔과 고통이 그대의 삶을 전쟁터로 만들고
소중한 것들을 빼앗고 비열한 거리에 내몰리면
그대의 심장에 대고 외쳐 보라 이것 또한 지나가리라
행복이 그대에게 미소 짓고 기쁨과 환희로 충만하여
온 세상이 나를 위해 존재하는 듯한 그날이 오거든,
거울을 보고 조용히 말하라 이것 또한 지나가리라

채근록

배움이 부족하면 언어가 미려할 수 없다
인내가 부족하면 행동이 반듯할 수 없다
지혜가 부족하면 처세가 올바를 수 없다
의지가 부족하면 결과가 단단할 수 없다
사랑이 부족하면 사람이 따뜻할 수 없다

共存

당신이 무심코 받은 선물은 누군가의 마음이고
당신이 들은 따뜻한 말 한마디는 누군가의 진심이니
결코 가볍게 흘리지 마라
같이 더불어 사는 세상에
공생의 본질과 최고의 처세는 타인에 대한 배려다

오륙도 돌아가는

갈매기는 유람선을 맴돌고 유람선은 오륙도를 맴돌고
우리는 아집의 바다에서 맴돈다
다섯으로 보이면 다섯이고 여섯으로 보이면 여섯이다
때로는 답이 두 개일 때도 있다
내가 본 것과 내가 아는 것이 전부가 아니었다
다섯인지 여섯인지 확신이 들 때 그때 인생의 노를 저어라

세대 간의 다름을 인정하고 차이를 줄여 나갈 때

진정한 배려를 할 때 세대 간의 갈등도 사라지겠지만,

그날을 기대만 할 뿐,

영원한 시대의 데자뷰라는 것을 나는 안다.

너희는 늙어 봤나, 나는 젊어 봤다

내가 한창 청년이었던 그때는 미래에 대한 진지한 고민이 크게 없었기에, 아무 생각 없이 통기타를 메고 청춘을 노래하고 청춘을 만끽했던 그런 행복한 시절이었다. 그때가 엊그제 같은데 나는 허무하게도 벌써 60줄에 서 있다. 내가 인정하든 그렇지 않든 무심할 만큼 세월은 빠르고, 나는 백화점 판매사원의 말처럼 아버님이라는 야속한 호칭이 익숙하고 당연한 나이가 되고 말았다. 나는 40대 초반부터 늙어 보이는 얼굴 때문에 아버님이란 호칭을 많이 들었다. 참 듣기 싫은 이야기였다. 아버님이라는 호칭이 듣기 싫은 것은 나만 그런가? 고객님도 있고 선생님도 있는데 왜 굳이 아버님이라 부르게 하는 백화점의 의도는 무엇일까? 나름 예의를 갖춘 존칭이라 그렇게 하는 것이겠지만, 나이가 들면 모든 것이 섭섭하고 예민한 나이 든 소비자의 마음을 모르는 듯하다.

인간은 누구나 늙기 싫고, 지나간 세월에 미련과 아쉬움이 남는다. 그래서 "내가 십 년만 젊었으면" 하는 말을 입버릇처럼 달고 살지만, 나는 젊음을 그리워할지언정 부러워하지는 않기로 했다. 왜냐하면 흘러가는 세월을 세울 도리가 없고, 다행히 그 아름다운 청춘을 후회 없이 보냈고, 지금도 스스로 인생의 전성기라 할 수 있는 시간을 보내기 위해 젊은 청춘 못지않은 노력을 하며 자기애가 충만한 자기만족의 시간을 살고 있기 때문이다.

지금의 기성세대들은 요즘 젊은 세대가 풍요와 호강에 절어 고생한 세대의 아픔과 고통을 이해하지 못한다고 섭섭해하고, 요즘 젊은이들은 기성세대가 고리한 사고에 갇혀 고생담만 늘어놓을 뿐 자신들을 진정으로 이해하지 못한다고 푸념한다. 서로가 환경적 특성과 시대적 가치관을 인정하지 못하니 단절은 당연하고, 갈등의 골은 갈수록 깊어만 간다. 근대화 세대와 민주화 세대는 완전히 다른 특성을 가졌기 때문에 세대 간의 미묘한 갈등이 있었듯, 지금의 청년층 또한 그다음 세대와 갈등이 있을 것이 당연하고, 이런 갈등은 앞으로도 계속될 수밖에 없다.

참으로 희한한 것은 일제 강점기와 6·25를 겪은 우리의 아버지 세대가 해 주었던 이야기, 우리 세대가 젊은 세대에 해 주는 이야기, 지금의 젊은 세대가 나이가 들어 그다음 세대에 해 줄 이야기의 주제와 맥락은 같다는 것이다. 시대적, 환경적 변화를 인식하고 이해해 주어야 하고, 삶에 대한 각각의 문화를 존중하고 각각의 가치관과 문화의 차이를 인정해야 서로에 대한 배려의 공간이 생기는데, 갈수록 그 세대 간의 간극은 점점 벌어져만 가니 서로가 참으로 답답할 노릇이다. 몇 년 전 영화로도 제작되었던 박범신의 소설 『은교』에서 소설 속 위대한 시인이라 칭송받던 이적요는 "너의 젊음이 너의 노력으로 얻은 상이 아니듯, 나의 늙음도 나의 잘못으로 받은 벌이 아니다"라며 젊음에 대한 성찰과 늙어 간다는 것에 대한 아쉬움과 고뇌를 함축적으로 말했다. 세월은 무서울 만큼 공정하고 공평하기에 세대 간의 다름을 인정하고 차이를 줄여나갈 때, 진정한 배려를 할 때 세대 간의 갈등도 사라지겠지만, 그날을 기대만 할 뿐, 영원한 시대의 서글픈 데자뷰라는 것을 나는 안다.

내 인생 젊은 여름의 햇살 아래에선 열정으로 뜨거웠고, 거칠 것이 없었다. 여름 내내 땀 흘리던 농부는 풍요의 벌판에 서서 수확의 기쁨을 누릴 당연한 권리가 있듯이, 지금의 우리가 그러하다. 지금의 우리는 늙지 않는 현숙한 여인의 향기처럼 기품이 있고, 가볍지 않게 익은 신사의 겸손처럼 품격이 있다. 봄부터 치열하게 살았던 늙은 농부의 입가에 미소가 활짝 핀 넉넉한 만추는 행복의 들녘을 채운다. 태양의 열정이 서산에 붉게 노을 질 무렵 누군가 짚 태우는 냄새 코끝에 스며드니, 배고프던 어릴 적 밥 먹으라고 나를 찾던 엄마의 넉넉한 목소리가 그립다.

歸去來辭

찬 서리가 내릴 즈음엔 미련의 줄을 놓아야 한다
연록의 찬양도 활짝 핌의 환호도
단풍의 감동도 시를 쓰던 시인도
잊은 지 이미 오래다
미련 없이 낙엽은 떨어져 뿌리로 돌아간다
소명을 다한 내려놓음이 진정으로 아름답다

몽돌의 기억

넓고 넓은 바닷가에 널브러진 조약돌도
처음부터 그렇게 둥글진 않았다
모난 돌로 태어나 부딪히기를 수천 번
깎이기를 수만 번, 그때마다 더 둥글어야 한다고
스스로를 다듬었으리라
이제 수백 년을 지나 고즈넉한 갯가에서 쉬고 있을 터
아서라, 괜시리 장난이라도 몽돌을 다시 바다로 던지지 마라
다시 그 자리로 오려면 수천 년이 걸리리니…

솔방울

지지리 가난했던 내 어릴 적 기억에는
솔방울이 귀하디귀한 땔감이었다
추운 겨울 산으로 들로 솔방울을 주워
구들목에 밀어 넣었다
그 사이로 감자와 고구마를 묻으면
소박한 포만감에 행복해했다
모든 것이 풍족한 지금 만난 솔방울은
입가에 번지는 추억만 소환할 뿐이다

내 그리운…

초가집도 없애고 마을 길도 넓히고
푸른 동산 만들어 새마을을 만드세
30년 전 그때만 해도 그 말이 맞는 줄 알았다
그래서 전국의 모든 초가집은 순식간에 없어졌다
우매함이 잃어버린 풍경과 조급함이 부숴버린 산천은
박제된 민속촌에서나 힘겹게 우리 곁에 남아 있다

치열했던 우리들의 시간들을 사랑하며,
또 다른 삶의 마당에서 살아야겠다.
인생과 일에 대한 조화를 생각하며 살지는 않았지만
나름 보람과 긍지가 있으니 실패한 인생은 아닌 듯하다.

나이 오십에 직장생활을 시작하다

'직원으로 시작해라. 그러나 직원으로만은 살지 마라'라는 말이 있다. 직장생활은 창업에 비해 성장과 확장성에 한계는 있는 반면, 안정된 조직의 보호 속에서 노력과 능력에 따라 사업가를 능가하는 성과와 희열을 누릴 수도 있다. 나는 청년 시절부터 줄곧 개인 사업을 하다가 특이하게도 나이 오십 초반에 직장생활을 시작했다. 20대 초반에 4년 정도 경험 삼아 직장생활을 해 본 것이 전부였고, 그 직장생활이란 것도 일을 가르쳐 준다는 허울 좋은 명분 아래 지금으로 말하면 겨우 차비 정도 되는 '열정페이'를 받으면서 일했다. 20년 동안 열 명 내외의 직원을 둔 나의 회사를 경영하며 항상 사용자의 입장에서 일해 왔기에 흔히 말하는 직장인의 애환을 잘 몰랐다. 그러다 나이 오십 줄에 우연치 않은 기회로 시행사의 임원으로 직장생활을 시작했다. 나이 오십 대 중반에 직장생활을 하니 생경하고 어색한 부분이 한둘이 아니었다. 서로 다른 성장 과정과 다양한 성향의 사람들이 조직 안에서 치열한 경쟁 구도의 정글 안에서 만들어진 상호 간의 견제와 갈등, 라인과 출신의 오묘한 역학관계들은 정치판과 다르지 않았고, 세상 사는 것이 참으로 만만치 않구나 하는 생각이 절로 들게 했다. 조직이 지향하는 한 방향으로 함께 간다는 것이 결코 쉬운 이야기가 아니었다. 회사를 경영할 때는 알 수 없었던, 어쩌면 알 필요도 없었던 직장인의 짠한 애환을 온몸으로 절감하고 있었다. 주말이 왜 기다려지고 불금이 왜 좋은지, 월요병이 왜 생기는지 그제야 알았으니 그제야 나는 직장인이었다.

그러다 능력을 인정받기 시작하니 만만치 않은 견제가 시작되었다. 일은 사람이 하고 사람은 진심이 움직인다는 믿음으로 우정과 연대의 진지 속에 안주하고 싶었지만, 현란한 처세와 음흉한 술수로 무장한 인간 군상들의 기만과 배신의 총알이 무자비하게 날아든다. 환멸과 회의로 생긴 격한 울분을 토하자니 지켜보는 가족이 엿볼까 걱정이 되고, 맞서서 싸우자니 한통속의 뒤주에 갇힐까 두렵고, 인내하고 삭이자니 나의 도량이 턱없이 부족하였다.

하루만 더 일하면 죽을 것 같은 숨 막힘과 내상은 천근만근 무게로 짓누르는 갈등과 두려움으로 마치 똬리를 튼 독사를 눈앞에 마주한 것 같았다. 그럼에도 불구하고 구차한 미련을 버리지 못하고 내 스스로 이 비열한 도시에 남을 수밖에 없는 이유가 의무를 다한 뒤 거룩한 보람을 느끼기 위한 것인지, 교만에 도취된 자기만족의 훈장을 달기 위한 것인지 자문자답해 보지만 답을 내리기가 참으로 어려웠다. 그 피곤한 전장에서 매일 싸워야 했고 그러다 피폐해진 나는 나를 잃어버렸다. 하루만 더 일하면 죽을 것 같다는 절박한 마음으로 박수 칠 때 떠나는 이의 뒷모습을 보이고 싶어, 고액의 연봉을 포기하고 미련 없이 회사를 그만두던 날, 남편의 모습이 안쓰러웠던지 남편이 백수가 되는 것을 아내가 오히려 더 좋아했다.

숙제하듯 살던 삶을 내려놓고 처절했던 경쟁의 전투를 피하니 멀리 떠나 있던 게으름이, 느림과 여백이 나의 곁에 찾아왔다. 직장이라는 정글에서 잃어버린 나를 찾기 위해 스스로 사표를 내고, 스스로 자존감을 지켜줄 수 있는 작지만 의미가 있는 새로운 길을 모색했다. 새로운 도전을 준비하는, 또 한번 두근거리는 '다시 시작함'이라는 지금을 맞이했다. 앞으로는 남을 위해 일하는 직원이 아닌, 나를 위해 일하는 나로서 이제는 느림과 멈춤을 반복하며 힘겨웠던 나의 시간들을 위로하고 치열했던 우리의 시간들을 사랑하며 설레는 내일의 또 다른 삶의 마당에서 넉넉한 품으로 살아야겠다. 일을 진심으로 사랑하고 그 안에서 즐기며 우리들의 인생 경험들이 거울이 되어 자식들에게 선한 영향력을 주는 것, 그것이 가장 유익하고 훌륭한 유산이 아닐까 싶다.

은색거탑

성공한 사람이 하는 이야기는
어떤 이야기도 진리를 담은 명언처럼 들리지만
실패한 사람이 하는 이야기는
어떤 이야기도 구차한 전설의 변명으로 들린다
성공과 실패, 그 사이에 이야기를 듣는
나는 애매하고 희미한 전설의 일부가 되고 싶었다
엘시티와 함께한 시간들이 늘 그랬다

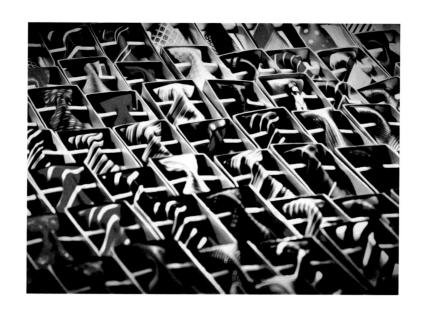

넥타이

무릇 남자는 정복의 유전자에 기대어
세 가지는 꼭 가지고 싶어 한다
모든 사람 위에 군림하는 권력의 달콤함
모든 사람들에 인정받는 명예의 우아함
모든 사람들을 소유하는 재물의 넉넉함
그런 것들이 그저 찾아올 리는 없으니
매일 체면의 넥타이를 바꾸어 매고 다니고
매일 비굴한 처세의 경계를 넘나든다
그렇게 사는 것이 그대는 정녕 행복하신가?

약속

세상에는 지켜야 할 약속이 너무 많다
나의 의지와 관계없이 이미 정해진 약속들이 더 많다
그래서 하루에도 지키지도 못할
자물쇠로 채워진 수백 가지 약속으로
참으로 피곤하고 힘든 고단한 삶을 산다
그것을 알면서도 매일 새로운 약속을 한다
그게 관계에 얽매여 사는 사람의 숙명이다

森羅萬象

나는 교회를 다녔지만, 절의 사진이 많다
교회에는 산이 없고 세월의 풍경이 없기 때문이다
수백 년을 이어온 억겁 속에 느껴지는 전설이 들린다
삼라만상이 바뀌고 세상 만물이 변해도 다행히 절은
문화재라는 이름으로 역사라는 방패로 더 견고해지고
산사의 풍경 소리는 세월을 넘어 속세에 걸린다

오늘도 존중과 무례의 경계선에서
사람들을 만난다.
생각의 차이를 극복하는 것이 대화이고,
그 대화에서
서로의 가치를 확인하는 것이 협상이다.

일은 사람이 하는 것이고 사람은 진심이 움직인다

초등학교 5학년 때 남들 앞에 나서기를 좋아하는 나를 유심히 지켜보신 박한수 선생님의 권유로 나는 웅변을 시작했다. 그때부터 웅변을 하기 위해서는 원고를 직접 써야 했고, 감동과 공감을 얻어내기 위해서는 설득의 논리가 필요했기에 생각이 많아지기 시작했다. 기승전결이 확실해야 하고, 클라이맥스의 한 방이 있어야 했다. 그런 훈련이 고등학교 졸업 때까지 계속되었고, 웅변 때문에 잘 훈련된 나는 남을 설득하고 공감을 일구어내는 커뮤니케이션 분야의 일을 직업으로 삼고 30년을 살았다.

나는 '일은 사람이 하는 것이고, 사람은 마음이 움직인다'라고 믿으며 살아왔다. 가끔은 거대한 문제 앞에서 빅딜을 해야 하는 협상의 테이블에서 적절한 논리와 진정성으로 공감을 이루어 문제를 해결했을 때의 쾌감은 이루 말할 수 없을 만큼 통쾌했다. 사람을 너무 믿어 상처도 입고 손해도 보았지만, 덕분에 가족만큼 소중한 사람들을 주변에 많이 두는 행운도 얻었다. 사람을 설득한다는 것은 참으로 어려운 문제지만 성공한 삶을 살기 위해서는 꼭 필요한 것이 진심을 담은 소통의 기술이다. 나의 경험을 바탕으로 나름의 생각을 정리해 보면, 소통이란 진심과 공감의 기술로 상대의 마음을 움직이고 내가 원하는 답을 받아 내는 것이다. 대화의 기술은 어디까지나 양념이고, 그 원재료는 상대를 진심으로 이해하고 공감하려 하는 마음과 확고한 의지이다.

상대의 마음을 읽고 대처하는, 눈치 있는 감각적인 리액션은 누구나 할 수 있는 가장 효과적인 소통의 기술이다. 가끔 나는 답은 정해져 있지만 확신을 갖고 싶을 때, 내 편이라 생각하는 가까운 이들에게 질문한다. 물음의 본질은 내가 보고 싶은 방향의 시선이고, 대답의 본질은 내 사람의 확인이다. 그 순간 내가 원하는 답은 이미 정해져 있고, 그 순간 필요한 것은 가까운 이의 진심 어린 공감과 긍정의 리액션과 맞장구이다. 그런데 고지식하고 똑똑한 이들은 맞음과 틀림을 구분하고 넘지 말아야 할 선까지 넘는다. 영혼 없는 맞장구를 치라는 것이 아니라, 상대의 의중을 읽으라는 이야기다.

소통의 생명은 나를 믿고 의지하는 이를 진심으로 이해하려는 경청과 공감의 리액션이다. 어려운 것이 아니다. 세 마디만 잘하면 된다. 공감이 되면 "정말로?" 이해가 안 되면 "설마?"라는 추임새를 넣다가 이야기를 다 듣고 나면 "처음 듣는 이야기지만, 나는 너를 믿어"라며 공감해 준다. 이것이 상대의 자존감을 배려해 주는 경청의 기술이고 소통의 완성이다. 내가 생각하는 소통은 이런 것이다. 좋은 곳을 안내하고 좋은 음식을 소개해 줘도, 시큰둥하게 아무 반응이 없는 사람이 있는가

하면, 감동과 기쁨의 리액션으로 사람을 기분 좋게 하는 사람. 당신이라면 누구와 인생을 같이하고 싶겠는가? 그 누구인가의 배려가 느껴진다면 나를 소중하게 생각한다는 신호이니 서슴없이 다가가야 한다.

오늘도 존중과 무례의 경계선에서 사람들을 만난다. 생각의 차이를 극복하는 것이 대화이고, 그 대화에서 서로의 가치를 확인하는 것이 협상이다. 서로의 요구와 주장이 다를 때에는 한 템포 쉬어 가며 호흡을 길게 하고, 냉정의 거울로 자신을 들여다보는 공정을 반복해야 한다. 삶의 질을 결정하는 인간관계에 있어 이해하지 못하면 섭섭한 오해가 되고, 오해가 쌓이면 아픈 이별이 된다. 사람을 떠나게 하는 오해를 스스로 만들 이유가 없다. 상대의 의중을 정확히 읽고, 합당한 소통의 길을 찾아야 한다. 대부분 좋은 사람들과의 관계에선 내 마음을 몰라 줘서 참 힘들고, 그러는 동안 사람들은 마음에 구멍이 뚫려서 참 외롭다. 나만 그런 것이 아니다. 상대들도 그렇게 생각한다. 정말 일을 잘하고 싶다면 진심의 창을 열고 공감의 미소를 던져 보라. 상대도 그럴 것이라 믿는 마음으로….

익숙한 반복

먼 길을 돌고 돌아 제자리로 돌아왔을 때
그 자리를 지키는 바위 같은 사람이 있었다
단풍이 졌을 때 만났던 풍경을 벚꽃이 필 때도 만났다
변화의 속도가 능력의 척도가 되어버린 세상에
무던함이 좋은 것인가 익숙한 꾸준함이 좋은 것인가
모처럼 알 수 없는 고마움에 고개 숙여 내려 본다

이별복습

길을 모르면 물어보면 되고, 길이 없으면 만들면 된다
그러나 목적지를 정하지 않으면 길이 소용이 없다
누가 내 인생의 길이 되어 줄지는 아무도 모르고
누가 나를 목적지에 태워 줄지는 더더욱 모른다
나를 태워줄 그 차도 언제나 그 자리에 있지 않는다
인생의 이별은 수백 번, 이별은 반복의 습성이 있다
더 늦기 전에 그 사람을 만나야 이별이 완성된다

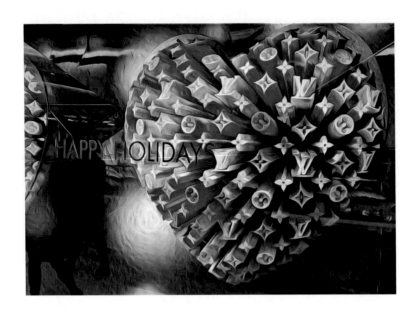

명품 같은 인생

윈도우에 걸린 명품은 현란한 빛으로 유혹한다
한 개쯤은 가져야 사람대접을 받는다
한 개쯤을 걸쳐야 사는 것 같다
채워지지 않는 빈자리를 명품이 채워 주면
그제야 남부럽지 않은 주인공이 된다
명품을 못 사는 나의 궁색한 핑계는
돈이면 살 수 있는 명품이 아니라
명품처럼 품격 있는 인생을 살고 싶다

책

가장 어리석고 못난 변명은
시간이 없어서 책을 읽지 못했다는 변명이란다
남들이 다 아는 핑계와 변명을
매번 염치없이 습관처럼 이야기할 때,
나태는 등에 올라타 무식함의 인이 박힌다
시간을 지배하는 자 인생을 지배한다고
우리는 책장에 꽂힌 책에서 배우기만 했다

제3장

모든 행동의 전조에는 생각이 있다.
그래서 생각은 행동의 리허설이다.
생각을 너무 많이 해 일을 망치는 사람
생각 없이 덤볐다가 낭패를 보는 사람
그들에게 생각이란 기준이 없는 좌표다.
그러나 생각이 운명이 된다.
생각을 이길 수 있는 것은 경험이다.
그래서 경험 많은 사람들은 실수를 적게 한다.

우리를 힘들게 하는
생각의 무덤

우리 모두 쓸데없는 걱정은 모두 접어두고

쓸데 있는 걱정만 하고 살자.

인생은 짧고 행복하기에도

턱없이 모자라는 아까운 세월이니…:

걱정을 해서 걱정이 없어지면 걱정이 없겠네!

세계에서 가장 빈국이며 중국의 억압에 힘든 상황임에도 불구하고 삶의 만족도가 높은 낙천적인 민족인 티벳이라는 나라에 '걱정을 해서 걱정이 없어지면 걱정이 없겠네'라는 속담이 있다.

나를 아끼는 사람들은 나를 보고 생각이 너무 많아 힘들다며 걱정 어린 시선으로 바라본다. 유유상종이라고, 나의 주변에는 유독 걱정을 달고 사는 사람들이 많다. 어쩌면 내 주위뿐만 아니라 사람 사는 것이 걱정으로 시작해서 걱정으로 마치는 경우가 대부분인 듯하다. 복잡한 세계 정세와 정치, 경제에 대한 온갖 거룩하고 엄숙한 걱정부터 지구환경과 종말에 대한 숙연한 걱정도 마다하지 않는다. 연예인의 사생활에는 어찌 그리 관심들이 많은지 누군가 보면 친척이라 오해를 받을 만큼 사소한 일에 인생과 목숨을 걸고 참견하기를 마다하지 않는다.

선거의 계절이 돌아오면, 정치하는 사람들은 보수니 진보니 양쪽 진영으로 갈라져 막강한 팬덤을 만들어 지지세력 간의 극렬한 단어들을 동원해 사생결단의 사이버 전쟁을 치른다. 믿고 싶은 것만 믿고 싶은 무리들이 모여 원하는 결론을 도출하고, 이를 집단지성이라 포장하여 만민들은 믿어야 산다는 신박한 진영의 교리를 만들어 편향의 진지를 구축하며, 뉴스 포털로 몰려가 수많은 댓글에 분노와 저주의 말들을 끝없이 쏟아낸다.

밀리면 죽는다는 배수진을 치고 지독한 언어로 상대를 죽일 생각을 배설하니, 참으로 모두가 피곤하다. 도무지 이해가 되지 않아 왜 그러냐고 물으면 나라가 걱정이 되어서 그렇다고 스스로 거룩해하지만 나는 그들이 진심으로 걱정이 된다. 거기에다 자식 걱정에 노후와 건강에 대한 걱정까지 그 종류도 다양하며 광범위하고, 잘되면 잘되는 대로 걱정이고 못되면 못되는 대로 걱정이다.

사실 걱정도 따지고 보면 습관에서부터 시작된다. 많은 사람들은 걱정 없는 편안한 삶을 기대하지만 사람이 걱정 없이 산다는 것은 불가능하다. 그런데 현대인은 정도를 넘어 마치 걱정을 위해 존재하는 듯한 착각이 들 정도로 하루에도 수백 번씩 걱정을 하며 산다. 삶이 가지고 있는 불확실성과 비예측성이 걱정의 뿌리이고, 그 열매는 불안이기 때문이다. 미국의 저명한 심리학자 어니젤린스키는 "걱정의 96%는 쓸데없는 걱정에 불과하고 나머지 4%는 우리가 해결할 수 없는 것에 대한 걱정이다"라고 말했다. 즉, 일어나지도 않을 일을 미리 걱정할 필요가 없다는 것이다. 걱정한다고 해결될 일보다는 걱정해서 일을 망치는 경우가 더 많다는 이야기다. 운동선수들에게 가장 필요한 것은 자신감이다. 그러나 걱정이란 놈에게 꼬여서 심리적 압박을 받고 불안감에 휩싸여 자신감을 잃으면 멘탈이 속절없이 무너지고, 결국은 슬럼프를 부르는 것이다. '프로골퍼들은 마음먹은 대로 공이 날아가고 아마추어는 걱정하던 대로 공이 날아간다'라며 골프장에서 나누는 우스개처럼 인생도 마찬가지다. 그래서 대부분의 성공한 사람들은 합당한 걱정을 하고 적절한 대비를 세운다. 그런 긍정적 에너지가 자신감이 되고 추진력이 되어 바라는 대로 일들이 풀린다.

인생은 짧고 행복하기에도 턱없이 모자라는 아까운 세월이니, 쓸데없는 걱정은 모두 접어두고 자신의 처지와 환경에 부합한, 인생에 도움이 되는 유익하고 생산적인 걱정들과 합당한 대비책을 세워 보자. 찌들고 힘든 지금은 비록 사방이 묶인 것처럼 매몰차게 숨을 조어오나 언젠가는 힘차게 날아오를 것이고, 지금은 비록 모든 것을 잃었으나 언젠가는 몇 곱으로 찾을 수 있으리라 믿어야 하며, 지금은 비록 가시밭길을 걸으나 언젠가는 꽃길을 걸을 것이니, 그 언젠가를 만나기 위해 걱정의 펄밭에서 스스로 걸어 나와야 한다.

윤회를 꿈꾸며

오늘은 내일의 역사가 되고 내일은 오늘의 미래가 된다
언제나 그 자리를 지키는 모든 사물은 생명과 역사를 만든다
서로를 바라보지만 앞서가거나 뛰어넘지 않는다
꽃잎은 지고 낙엽이 떨어지니 그때가 끝인가 보이지만
시공간을 초월한 그 세계는 순리라는 공정을 통해
꽃피기를 반복하니 춥다고 걱정 말고 덥다고 염려 마라
나는 스스로 세상 질고 이고 사는 그대가 걱정이다

봄날 풍경

꽃은 무리를 지어 피어야 예쁘듯 사람도 그렇다
크고 작은 꽃들은 서로의 자리에 뿌리를 내리고
들풀도 허전한 빈자리를 채우고 바람이 서성이면
햇살 가득한 봄날의 멋진 풍경은 완성되고
무심함과 존재에 대한 예의 사이에 봄은 핀다

선택의 기로

무릇 사람의 관계에서 뜨거움보다는 따스함이 좋다
너무 가까이 가면 화상을 입고 너무 멀리하면 내상을 입는다
뜨거운 열정으로만 살다 보면 따스한 인간애를 잃어버린다
때론 가까이 때론 멀리 그러나 물러서지는 말아야 한다
어차피 벗어날 수 없는 운명이란 틀 안에 갇힌 나를
결코, 순순히 놓아 주지 않기 때문이다
늘 푸른 잎처럼 신선함과 새로움으로 나를 챙기라

생존본능

가두고 묶어도 봄이면 꽃은 피고
가리고 막아도 여름이면 매미가 운다
비바람 몰아쳐도 가을이면 열매가 맺히고
아쉽고 붙잡아도 겨울이면 낙엽이 진다
재촉하지도 마라. 머물려 하지도 마라
이 순서가 한번도 바뀐 적은 없다

육체적으로 인간의 건강을 집요하게
괴롭히는 것은 병이고
치명적인 것은 인간관계에서 오는 스트레스다.
정신적으로 인간의 삶을 피폐하게 만드는 것은
욕심으로 비롯된 집착과 미련이다.

생각이 병을 만든다

우리가 살다 보면 수많은 일들을 경험하게 된다. 상식적으로 이해가 되고 공감이 되는 일보다는 비상식적이고 도저히 이해가 되지 않는 일들이 더 많고, 더욱 심각한 문제는 가면 갈수록 그러한 양상이 심화되고 있다는 것이다. 종교와 이념에서 출발한 가치관과 시대관들이 충돌하여 만들어내는 분쟁과 갈등의 일들이야 인류의 속성이니 그렇다 친다. 그런데 산업화, 근대화, 현대화의 시대를 거치면서 급격하게 바뀌어 가는 사회의 변화 구조로 인한 갈등으로 인해 괴물로 키워진 비정상적인 인간들의 비정상적인 행위는 온전한 정신으로 살아가는 우리가 온전히 받아들이기엔 도저히 무리다.

하루에도 수십 건의 꿀꿀한 뉴스가 지구의 종말이 가까운 섬뜩한 징후를 보이는 것 같아 두렵기까지 하다. 이 모두의 뿌리를 찬찬히 들여다보면 모든 근원은 인간의 이기적인 욕심에서 기인한 탐욕이라는 것이 보인다. 단지 국가나 종파, 집단과 개인의 차이만 있을 뿐이다. 인류의 역사 속에서 인간들은 위대한 문명을 만들어 왔고, 때로는 신들의 영역이라 할 수 있는 아슬아슬한 분야까지 손을 대기도 했으니 그 또한 인간의 만용이었고 욕심이었다. 인간의 탐욕이 만든 엄청난 재앙을 인류의 아픈 역사가 증명하고 있지만 불행히도 역사는 반복되고 있기에 많은 선각자들은 인간의 욕심이 지배하고 있는 속세에서 번민의 자아로부터 벗어나기 위해 자만과 교만에 가득 찬 속세를 등지고 수행하며 해탈의 경지에 도달하고 싶어 했다.

해탈이란 모든 걱정과 근심에서 벗어나 흔들리지 않는 의지가 만들어 준 자유 그 자체를 말한다. 해탈은 보통 사람들이 근접할 경지가 아니니 거기까지는 아니더라도, 우리가 번민의 굴레에서 스스로 벗어날 수 있는 방법은 충분히 있다. 생각이 마음의 병을 만든다. 육신을 정신이 지배하고 있기 때문이다. 육체적으로 인간의 건강을 집요하게 괴롭히는 것은 병이고, 치명적인 것은 인간관계에서 오는 스트레스다. 정신적으로 인간의 삶을 피폐하게 만드는 것은 욕심으로 비롯된 집착과 미련이다. 지금 현대를 사는 인간들은 모두가 병에 걸려 있는, 나약하기 그지없는 미약한 존재들이다.

자신의 병을 자각하고 있는 사람은 그리 많지 않다. 특히 육신의 병은 현대의학을 믿고 인정하고 따라가지만, 마음의 병은 진단이 어려우니 처방이 어렵고, 처방이 어려우니 치료할 의지가 부족할 수밖에 없다. 육체의 병은 의학적 소견이나 근거로 얼마나 심각한지를 알려 주고 고쳐 주기도 한다. 그러나 이 마음의 병은 자신이 인정하지 않는 한 설사 인정한다고 해도 죽을 때까지는 치유하기가 참으로 힘들다. 돈에 대한, 사람에 대한, 욕망에 대한 거룩한 집착부터 자질구레한 사물이나 구질구질한 인간관계에서도 집착과 미련은 걱정을 만들고 초라한 사람을 만든다.

마음의 병은 자신이 진단하고 처방하고 치료해야 한다. 의지가 없으면 치유하기가 힘든 병이다. 이 병의 예방은 미련과 집착을 버리고 가볍게 사는 것이고, 처방도 마찬가지이다. 포기하는 삶을 사는 과정에서 몸에 배인 익숙한 패배의식으로 나 스스로가 뭔가를 시작하기엔 늦었다고 생각하는 것이 인생에서 반복되는 것은 큰 잘못이다. 이 불길하고 음습한 생각의 굴레에서 벗어나야 한다. 모든 인생의 가치를 물질적, 성과적인 것에 두지 말고 더 깊은 인격의 완성에 두어야 한다. 인생의 진정한 목적은 무한한 성장이 아니라 끝없는 성숙이어야 하기 때문이다.

생각이 병을 만드니 생각을 바꾸면 된다. 아는 척하는 어른이 아니라 삶의 지혜를 나누는 어른이 되어야 하고, 마음의 지갑을 여는 어른이 되어야 한다. 진정한 성공이란 일억, 십억, 백억을 모으는 것이 아니라 사람들에게 선한 영향력으로 좋은 사람으로 기억되는 것이다. 그것을 인정하는 그 순간부터 우리는 집착에서 비롯된 생각과 마음의 병을 고칠 수 있다.

연꽃 이야기

그대는 어찌 그리 고운가?
꽃잎에 싸인 수줍은 노란 속 태가
어찌 그리 아름다운가?
결마다 터울마다 향기 머물고
겹겹이 싸여 지키는 넓은 잎은
든든한 호위무사처럼
편안한 병풍처럼 그대를 안는다

부처님 닮은 꽃

길을 걸으시는데 누군가 욕을 한다
제자가 참으시면 안 된다고 보챈다
부처님은 제자에게 말씀하신다
누군가 나에게 선물을 했는데
그게 나의 것이 아니어서 받지 않았다면
그 선물의 주인은 누가 되겠느냐고
연꽃은 부처님의 마음을 닮았다

걱정의 산

걱정이 태산이라도 옮길 방법이 없으니
차라리 태산을 등져라
걱정과 태산을 보지 않고 마음을 내려놓으면
걱정의 절반이 욕심이며
걱정의 전부가 미련임을 알게 된다
한순간 피고 질 인생은
걱정과 미련은 태산 아래 묻어두고
걱정의 산을 내려오라 한다

연의 노래

미명의 새벽 꽃단장을 마치고
해님을 기다려 그제야 마음을 열었네
큰 바람 불어 구름이 몰려오는 날엔
님은 가려 보이지 않으니
그대 또한 얼굴을 보여줄 리 없을 터
그 지조 높이 사서 기억이야 하겠지만
그날이 너무 길어져 피지도 못하고 질까 봐
지켜보는 내 속만 타는구나

휴 잭맨이 서커스단의 단장으로 나왔던 영화
'위대한 쇼맨'에는 이런 멋진 대사가 나온다.
"모든 사람들에게 사랑받을 필요는 없어요.
좋아하는 사람 몇만 곁에 두면 되죠!"

미움받을 용기

현대를 사는 우리는 인연과 인연으로 얽히고설킨 관계 속에서 적지 않은 스트레스를 받는다. 유독 유교를 신봉하였기에 체면을 중요시하는 민족이라 매사에 남의 눈치를 보며 예민하게 반응한다. 어떤 이들은 눈치를 좋은 말로 공감 능력이라 이야기한다. "눈치 없는 게 인간인가?"라는 투박한 말로 면박을 주는 세태에서 눈치 없다는 말은 치명적인 약점이 되어 버린 지 오래이기에 눈치 보기는 갈수록 심화된다. 나 역시 그런 부분에 있어서 지나칠 만큼 예민하다. 남에게 피해를 주거나 남에게 불편함을 주는 일은 스스로 용납이 되지 않으니, 이래저래 나만 힘이 든다.

이를 지켜보는 가족들도 피곤하다. 스스로 경우와 규범이라는 프레임을 만들고, 개념이라는 이름 아래 상식을 벗어난 남들의 행위가 눈에 거슬려 거침없이 레이저 같은 눈치를 보낸다. 인생의 모든 스트레스는 인간관계에서 기인하기에 인간관계에 대한 끝없는 고민은 정말 절박한 고민이지만 풀기 쉬운 문제는 결코 아니다. 내가 아는 지인 한 분은 '인맥 다이어트'라는 이름으로 1년에 한 번 휴대폰에 담긴 전화번호를 정리한다고 한다. 삭제의 기준은 3년 동안 통화기록이 한번도 없는 사람은 기록에서 지운다는 것으로, 명쾌하다 못해 냉정하다. 좀 야박하지 않나 하는 나의 질문이 찔렸던지, 좋은 사람들 챙기기도 시간이 부족한데 서로 무관심하여 소원한 사람들까지 챙길 이유가 없다는 것이고, 선택과 집중을 통해 인맥을 내실 있게 관리하겠다는 의도라 열심히 설명해 주었다.

인맥이 재산이라는 미련의 터널에서 빠져나올 염두조차 낼 수 없는 나로서는 그런 사고와 결단력이 그저 부러울 따름이었다. 성격이 내성적이라 다른 사람들과의 관계 설정 때문에 언제까지 전전긍긍하며 살아야 할지 매일 고민하며 사람들과 쉽게 어울리지 못하는 사람들이 의외로 많다. 또한 나름 털털한 성격이라 말하는 외형적 성향의 사람들도 대인관계에 있어서 받는 스트레스와 고민은 크게 다르지 않다. 그런 스트레스와 고민에 프로이트, 융과 함께 '심리학의 3대 거장'으로 일컬어지고 있는 알프레드 아들러는 『미움받을 용기』라는 책에서 "인간은 변할 수 있고, 누구나 행복해질 수 있다. 단, 그러기 위해서는 미움받을 용기가 필요하다"라고 말한다.

내가 생각하기에도 그렇다. 미움받을 용기가 있다면 진심 없는 인위적인 관계를 벗어나, 좋은 사람 콤플렉스와 트라우마를 벗어나 오히려 사랑받을 공간이 열리며 선택과 집중을 통해 진심의 사람들을 사랑할 수 있다. 휴 잭맨이 서커스단의 단장으로 열연한 영화 '위대한 쇼맨'에는 이런 멋진 대사가 나온다. "모든 사람들에게 사랑받을 필요는 없어요. 좋아하는 사람 몇만 곁에 두면 되죠!" 내가 아는 모든 사람들에게 인정받고 사랑받기를 원해 스스로의 착한 사람 프레임에 갇혀 스트레스를 안고 살던 나에게는 충분히 공감되는 말이었기에 카톡 프로필에 한동안 걸어 놓기도 했다. 모든 이에게 인정받고 싶고, 모든 이에게 사랑받고 싶은 욕심은 빨리 내려놓을수록 내가 편해진다는 것을 반백을 살고 나서야 알았다. 오늘은 내가 용기 내어 전화번호 정리하는 날이다. 몇 번을 고민하다가 나의 지인 목록에서 지워지는 그분은 한때는 나에게 의미 있는 분이었을 것이다. 그러나 마냥 착한 사람의 욕심을 비움으로써 내가 행복하기 위한 첫 번째 시도이기에, 아쉬움과 미련은 남지만 미움받을 용기로 용기를 내어본다.

인생이라는 길에서는 지친 사람을 만나면 손을 잡아줄 줄도 알아야 하고, 내가 지치면 부끄러워 말고 손도 내밀 줄도 알아야 한다. 속도를 선택하면 풍경은 포기해야 하듯, 선택과 집중의 공정을 통해 같이 가야 할 사람을 정하고 속도를 조절하는 과정에서 그로 인해 미움을 받는다면 그것은 미움이 아니라 구차함에서 벗어난 부러움과 축복의 신호이자 극복의 대상이라 믿으며 내가 좋아하는 몇 사람만을 챙기기로 했다.

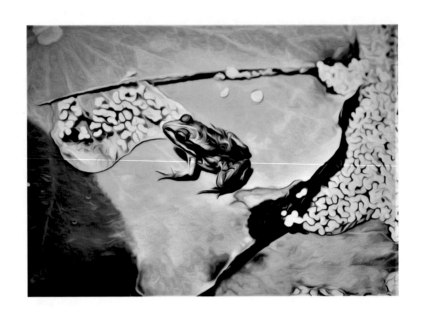

미움받을 용기

모두에게 사랑받을 필요는 없다
좋아하는 사람 몇 명만 곁에 두면 된다
사랑받을 자격과 미움받을 용기가 생기면
내가 곁에 두어야 할 사람들이 보인다
곁에 있는 사람이 지금의 당신을 이야기한다
미움받을 용기로 진심을 얻으라

옹졸한 거리

나보다 앞질러 가면 미친놈, 나보다 천천히 가면 모자란 놈
나를 따라오면 시비 거는 놈, 나의 차에 끼어들면 천하에 죽일 놈
내 차보다 좋으면 분수를 모르는 놈, 내 차보다 나쁘면 한심한 놈
그럼 어쩌란 말이냐
차라리 핸들을 잡지를 말지
오늘도 반복되는 옹졸한 거리에는 찌질함의 경적만 울린다

상실의 인생

무릇 만남은 이별을 전제로 하는 것이지만
나는 독하지 못해 그 만남을 차마 거절하지 못했고
그 이별을 막지도 못해 응어리 가득한 삶을 살았다
나는 늙어 가는데 내가 먼저 보낸 그리운 이들은
떠난 그 모습 그대로 변하지 않고 나에게 남아 있다
그것이 상실의 인생에서 그나마 위로라면 위로이다

같이 가기

비웃음이 인정함으로 바뀌길 기대할 이유가 없다
비웃음은 부러움과 시샘의 초라한 인정이기 때문이다
무리 속에서 무리수를 택하면 무리가 나를 버린다
잘난 척해도 있는 척해도 못난 척해도 이미 답은 정해져 있다
나서지 마라, 앞서가지 마라, 뒤처지지도 마라
무리 속에 있음이 선택지라면 인정받으려 하지 말고
비웃음의 속성을 알고 무리 없이 살아야 무리가 없다
같이 가는 길이란 원래 그런 길이다

누군가에게서 따뜻한 진심이 느껴지고
사람의 향기가 나거든
마음의 귀를 열고 가슴의 창을 열고
나를 찾아온 귀한 인연을 영접하라.

인연, 그 지독한 고리

우리들이 삶을 살면서 경험한 수많은 사건들과 일들을 나열해 보면 관계와 관계를 유지하는 과정에서 사람들로 인해 일어나는 일들이 대부분이다. 인간의 삶의 중심에서 턱 하니 운명처럼 자리 잡고 있는 인연이라는 것은 참으로 묘하다. 우연이 인연이 되고, 인연이 악연이 되기도 하고 필연이 되기도 한다. 애당초 정말 만나지 말았어야 했을 사람들을 만나지 않았더라면 지옥은 면했을 것이다. 거꾸로 생각해 보면 꼭 만나야 할 사람들을 만나지 못해 천국을 잃어버린 경우도 있을 것이다. 우리는 이런 것들을 통틀어 정해진 운명이라고 믿고 때로는 순응하면서, 때로는 아닌 듯하여 격한 저항을 하면서 저마다의 기막힌 팔자를 만든다.

오늘도 우리는 수많은 인연을 만난다. 그러나 당해 보지 않고는 인연의 가치를 구분하지 못한다. 그렇다면 악연은 왜 만들어질까? 여러 가지 이유가 있고 운명적인 부분도 있겠지만, 세월이 지나면 우리가 인연을 너무 쉽게 생각하고 쉽게 다가가고 쉽게 판단하기 때문에 스스로 악연을 자초한 경우가 더 많음을 알게 된다. 그래서 인연은 함부로 만들어서는 안 된다. 전혀 도움이 되지 않는 인연들로 인해 불필요한 에너지가 소비되고 그로 인해 감정의 균형이 깨어지니 나쁜 기운의 알고리즘이 생긴다. 그것은 운으로 작용하여 불행이 만들어진다. 그래서 나는 사람과 진심을 트는 시간이 남보다 길어 까칠하다는 오해를 받기도 한다.

인연 중의 백미는 부부다. 부부가 악연이면 백 겹의 지옥이다. 어떤 통계에 따르면 놀랍게도 현재의 배우자에게 만족하는 부부는 22% 정도에 불과하다 하니 놀랍기도 하다. 우리 인생은 사랑하고 사랑받기 위해 태어난 인생이지만, 어떤 연유인지 우리는 끊임없이 사랑을 갈구하고 사랑이라는 말을 입에 달고 살면서도 제대로 사랑을 하지도 못하고 사랑을 받지도 못한다. 그래서 상처받고 외롭고 지치고 힘들어하면서도, 정작 나도 알게 모르게 타인에게 같은 우를 범한다. 사람은 왜 혼자 있으면 외로워하면서도 같이 있으면 싸우기만 할까. 사람은 왜 만나기만 하면 싸우면서도 헤어지면 서로가 보고 싶고 그리울까. 그 이유는 우리는 사람이고, 사람은 인연이라는 토양에 심어져 사랑과 배려라는 자양분이 없으면 몸살을 앓으며 피는 꽃과 같기 때문이다.

소녀와 소년의 사랑은 여린 연녹색 첫 순의 두근거림과 설렘의 사랑이고, 청년의 사랑은 붉은 태양의 뜨거움과 강렬함이 지탱해 주는 에너지가 충만한 사랑이다. 중년의 사랑은 지루하고 익숙한 반복과 생존의 기술이 되어 버리고, 노년의 사랑은 다시 한번 로맨스그레이를 꿈꾸는 미련이다. 말년의 사랑은 후회를 삼키고, 마지막을 붉게 물들이고 싶은 아쉬움이다. 그렇게 인생은 만남과 헤어짐을 반복하는 인연 속에서 사랑으로 시작해서 사랑으로 끝이 난다. 인연은 우리 삶의 뼈와 같고, 사랑은 혈액과 같아서 원활하게 흐르지 않으면 병이 생긴다. 그래서 사랑 없이는 살 수 없다. 그 사랑의 본질은 운명처럼 다가온 인연에 대한 배려이다.

우리가 살면서 만난 사랑이라는 인연은 대부분 운명적으로 다가오지만, 우리가 운명이라 애써 믿는 인연도 있다. 인연을 이어가다 누군가에게서 따갑고 차가운 계산이 느껴지면 잠시 멈추고 냉정히 돌아보고 차가운 이성의 눈을 크게 떠라. 우리는 좋은 인연과 나쁜 인연을 가리기 위해 사람을 보는 지혜로운 시선이 있어야 한다. 세상에서 가장 큰 용기는 아니다 싶을 때 과감히 포기하는 것이다. 스스로 외롭지 않으려면 오히려 외로운 길을 택해야 한다. 아니다 싶으면 단칼처럼 냉정히 선을 그어야 한다. 그래도 살아남은 인연이 있다면 그나마 나에게 유익한 인연이 아닐까 싶다. 살다 보니 어쩔 수 없이 엮어진 인연이라는 거미줄에서 나쁜 인연들을 서서히 걷어내다 보면 눈에 보이지 않았던 누군가가 따뜻한 진심을 갖고 다가오리니, 그에게서 사람의 향기가 나면 서슴없이 마음의 귀를 열고, 가슴의 창을 열고, 운명의 문을 열고 나를 찾아온 귀한 인연을 영접하라.

先見之明

어느 구름 뒤에 비가 숨어 있는지 모르고
어느 전선 속으로 전류가 흐를지 모른다
비 온 뒤에야 알고 불이 켜져야 그제야 안다
그저 편견을 버리고 주위를 살펴 밝은 빛을 따라서
함께 길을 걸으며 내 자리를 찾는 것이
내 스스로를 어둠에 갇히지 않게 하는 지혜다

인생의 의미

자연과 사물에 의미를 부여하고
인생에 견주는 것은 너무나 자연스럽고 당연한 일이다
내가 자연의 조각이고 사물의 파편이기 때문이다
자연에 예속되는 것을 기꺼이 감내하며 여행자의 별을 보라
집에 머무는 여행자는 여행자가 아니다
여행의 본질은 내게 허락된 자유이니 그대는 떠나라

비천무

조각조각 다듬어진 장작은 아직은
마지막 뜨거움이 남아 있는 나무의 일생이다
작은 싹에서 태어나서 잎 피고 지기를 수십 번
이제 그 누군가의 손에 의해 마지막 거사를 준비할 터
내 마지막은 하얗게 태우고 재가 되어 승천하리라

절벽의 끝에

천 길 낭떠러지 아래엔 무엇이 있을까?
두려움도 공포도 상상의 것일 뿐 나는 생각도 하기 싫다
그러나 우리 인생이 절벽처럼 느껴질 때가 있다
요행의 행운이 우리를 감싸고 있기에
오르지 않으면 낭떠러지에 도달할 방법은 없고
도달하지 않으면 떨어질 일 없으니 보이는 것만큼만 즐기자

아들아 딸아! 아빠가 살아 보니

인연이 운명을 만들더라.

너희들은 없는 사람들에게 모질게 하지 마라.

내가 그 사람들처럼 없는 삶을 살아왔다.

좋은 인연, 나쁜 인연

사람이 인생을 살다 보면 사람들과의 관계에 따라 행복과 불행이 정해진다고 해도 과언이 아니다. 광의적인 측면에서 본다면 가족도 혈연이라는 인연이고, 친구도 사랑하는 사람도 직장 동료도 내 삶의 소중한 인연이기에, 엮여 있는 사람들과의 관계에서 자신이 어떻게 하느냐에 따라 그 사람의 인격과 품격 그리고 평가와 평판의 기준이 된다. 그런 인연의 틀 안에는 세 가지 분류의 사람들이 있다. 경험하지 않고도 아는 사람과 경험해야 아는 사람, 그리고 경험하고도 모르는 사람이 있다. 열 길 물속은 알아도 한 길 사람 속은 모른다. 그래서 우리들은 인연이라 엮어진 사람들에게서 적지 않은 상처를 입는다.

요즘같이 개인주의가 만연한 세태에서는 더욱 그렇다. 운의 또 다른 이름은 인연이다. 만남은 인연이지만 관계와 인맥은 노력이다. 나의 인생에 찾아온 인연들에 대한 냉정한 시선은 열린 마음과는 별개의 문제다. 그래서 나는 초면에 인맥을 자랑하며 일명 족보 따먹기를 하려는 사람들은 괄호 밖으로 밀어내 버린다. 유유상

종의 선한 영향력 아래 있고 싶기 때문이다. 그 사람이 걸어온 길을 보면 그 사람이 걸어갈 길이 보인다는 말도 있고, 지금 당신 곁에 있는 사람이 당신의 현재를 이야기한다는 말도 있다. 먼 길을 가 봐야 그 말의 힘을 알 수 있고, 사람은 오래 만나 봐야 그 마음을 알 수 있다는 말은 내가 인연을 생각할 때 되새김하는 말들이다.

나는 다행히 스스로 인복이 많은 사람이라 생각한다. 내가 인생을 살아오는 동안 숱한 고비가 있었지만, 그 고비마다 신기하게도 부족한 나를 이끌어 주고 견인해 주는 감사하고 귀한 인연들이 있었다. 나 역시 그분들에게 소중한 인연이 되기 위해, 믿음에 보답하기 위해 부단한 노력을 했기에 상호 충분한 상승작용이 되었다. 우리가 인생을 사는 동안 어떤 인연이 나에게 행운을 주려고 어떤 모습으로 찾아올지 모른다. 바로 그때 그 귀한 인연을 낚아채는 것은 정말 중요한 일이다. 어떤 인간관계이든 일방적인 관계는 인연으로 오래가지 못한다. 서로에게 도움이 되지 않으면 가족에게도 무심한 세상에서 남에게 환상의 미련을 가지는 것은 정말 아둔한 생각이다. 도움을 받고 싶으면 도움이 되는 그무엇인가를 해야 한다. 정말 인생을 의미 있게 살고 싶다면 그리고 성공하려면 주위의 부정적인 사람들을 과감히 걷어내야 하고, 행복하려면 주위의 감사할 줄 모르고 배려에 인색한 사람들을 멀리해야 한다. 그러다 나를 진심으로 대해 주는 사람이 있다면, 겁내지 말고 화답하는 마음으로 적극적으로 다가가야 한다. 나의 아이들에게 들려주기 위해 인연에 대한 생각을 정리해 보았다.

"아들아 딸아! 아빠가 살아 보니 인연이 운명을 만들더라. 너희들은 없는 사람들에게 모질게 하지 마라. 내가 그 사람들처럼 없는 삶을 살아왔다. 있는 사람들에게 고개 숙이지 마라. 이유 없이 도와주는 사람 본 적 없다. 힘들다고 돈 없다고 하지 마라. 혹시나 짐이 될까 싶어 거리를 두게 하더라. 정 없는 사람들에게 정 주지 마라. 고마움을 모르기에 나에게 상처만 주더라. 잘난 사람들과 어울리지 마라. 결국엔 그 잘남에 이용만 당한다. 부족한 사람들과 일하지 마라. 하고 싶은 일과 할 수 있는 일도 구분 못 하면서 불평불만만 가득하다. 그러다가 조금은 소박하고 조금은 인간적이면서 조금은 손해 보는 듯 사는 그런 사람을 만나거든, 너도 꼭 같이 그렇게 해라. 아빠가 살아 보니 좋은 인연이 좋은 운명을 만들더라. 너희들은 꼭 그렇게 살아라."

혼자 피는 꽃이 어디 있고 혼자 열매 맺는 나무가 어디 있으랴? 우리 아이들에게는 꽃피고 열매 맺는 좋은 인연들만 가득 채워졌으면 좋겠으니, 인연에 대해 끊임없는 잔소리를 해야겠다.

내 마음의 향

고향이 그리워 향을 피웠다
밥 먹어라 부르시던 어머니가 그리워 향을 피웠다
풍년의 들판에서 웃으시던 아버지가 그리워서 향을 피웠다
볏짚으로 집을 짓던 친구들이 그리워 향을 피웠다
나에게 과거보다 지독한 중독은 없다
향만 피우면 떠오르는 과거의 잔영들이 피어나고
나는 평온의 시선으로 멍에 빠진다

마음의 집에는

내 마음속에 수많은 생각의 집들이 산다
그래서 갈수록 나도 나를 모를 때가 태반이다
집사람도 수십 년을 같이 살아도 나를 모르겠단다
나도 나를 모르는데, 그대가 어찌 나를 다 알까마는
익숙함에 버려진 무덤덤한 슬픈 세월은
서로가 알고 싶지도 않고 궁금하지도 않을 때
그것은 중년의 부부가 만나는 나른함이다

안식의 조각

나는 그저 그대의 편한 팔베개가 되고 싶을 뿐이다
세상 시름에 지쳐 그냥 오수를 즐길 때 살며시 다가가
무심코 팔을 내밀어 그대 안식의 조각이 되고 싶다
그러다 행여 꿈속에서라도 그대가 나를 모른 척하더라도
나는 그저 그대의 편한 팔베개가 되고 싶을 뿐이다

공존의 지혜

모두에게 사랑받고 싶은데
모두에게 잘해 줄 마음이 없다
모두에게 칭찬받고 싶은데
모두에게 나누어 줄 것이 없다
모두에게 기억되고 싶은데
모두에게 인정받을 일이 없다
그러면서도 같은 물에서 살고 싶은가
그렇다면 결론은 간단하다
앞서길 포기하고 같이 가기를 선택하라

기회를 만났을 때 마치 평생 이 순간을 위해
기다려온 듯이 적극적으로 힘을 다해
다가온 행운을 잡아야 한다.
행운은 바람처럼 스쳐 지나가는 것이기 때문이다.

신은 공평하다

"기회는 평등하고 과정은 공정하며 결과는 정의로울 것이다"라는 말은 어떤 대통령의 취임사에서 사용됐던 말이고 근래 내가 들어 본 정말 멋진 말 중의 하나였다. 그 말대로만 된다면 우리나라는 차별이 없고 공정하며 정말 살기 좋은 나라였겠지만, 세월이 흘러 대통령의 임기 말이 말을 했던 이들은 두고두고 조롱거리가 되어 버렸다. 그 말은 그저 좋은 구호에 그쳐 버렸을 뿐, 대부분의 국민들은 대한민국이 그렇지 않다고 느끼고 있었기 때문이다. 무릇 국가의 정치에 빗대지 않더라도 우리들은 누구나 한번쯤은 우리들의 운명적인 인생에서 정말 기회는 평등하고 과정은 공정한가 하는 화두를 던지고 심각하게 고민해 보았을 것이다.

나는 "인생에서 기회는 잡으라고 있는 것이고, 공정은 나의 노력이 전제되었을 때 성립하는 것이고, 결과는 자기만족의 기준이 정의다"라고 나름의 결론을 내리고 산다. 신은 공평하고 인간에서 동등한 기회를 주는 것 같지만 기회의 절반은 타이밍이다. 그래서 기회를 만났을 때 마치 평생 이 순간을 위해 기다려온 듯이 온 힘을 다해 다가온 행운을 잡아야 한다. 행운은 바람처럼 스쳐 지나가는 것이다. 때로는 건성으로 채워진 나의 게으름과 나태가, 때로는 다시 올 것이라는 나의 안일함과 오판이, 나에게 배당된 행운을 떠나보내고 평생 운을 탓하면서 살아가는 낙오자의 길에 서는 안타까운 우를 범하게 한다.

신의 관점에서 보면 공평하겠지만, 우리들은 신이 인간들에게 차별적 고난과 선별적인 행운을 준다고 생각한다. 누구는 태어나 보니 금수저를 물고 있고, 누구는 태어나 보니 흙수저를 물고 있는데 이게 무슨 공평이냐고 반문한다. 하지만, 인생의 긴 여정에서 보면 금수저로 태어나 오히려 인생을 망친 사람도 있고 흙수저로 태어나 금수저를 자식들에게 물려주는 사람도 있다. 우리는 '잘산다'라는 말을 부자로 산다는 말로, '못산다'라는 말을 가난하게 산다는 말로 정의를 내려 버렸지만 부자라서 만족을 모르는 불행한 사람이 있고, 가난해서 조금만 있어도 만족감과 감사함으로 행복하게 사는 사람들도 많다. 그렇게 보면 공평일 수도 있겠다. 기나긴 인생을 살다 보면 누구에게나 위기와 좌절, 고난과 어려움은 찾아온다. 적극적으로 사력을 다해 보란 듯이 그 산을 넘어야 한다. 감당하지 못할 시련은 없다는 생각으로 이를 악물어야 한다. 그런 시련과 연단은 나를 더 단단하게 만들어 곧 다가올 기회와 행운을 맞이하기 위한 전조임을 강하게 믿어야 한다. 그렇기에 우리는 매 순간 선택의 기로에서 갈등한다. 현명한 선택이 모여 기회가 되고, 노력의 공정이 모여 정의로운 결과를 만들기 때문에 기회를 보는 혜안, 기회를 잡는 노력이라는 공정, 그리고 결과에 대해 만족하는 긍정적 마인드가 스스로의 운명과 삶의 질을 바꾸어 놓는다. 이것은 이미 많은 성공담을 통해 증명된, 정직한 프로세스와 같은 것이다.

성공한 삶을 산 이들은 한결같이 위기도 기회라 생각하고, 기회는 다시 못 올 것이라 생각하고, 절박함으로 그 기회를 잡았다고 이야기한다. 성공담은 성공한 사람들의 영웅담일 뿐 자신과는 케이스가 다르다는 생각을 하며 스스로 성공담의 주인공이 될 생각은 하지 않는 것이 실패한 삶을 사는 이들의 문제다. 스스로 위로하고 스스로 무장할 구차한 변명이 필요한 것이다. 기회도 무심코 포기하며, 언젠가 다시 기회가 오겠지 하며 안일함으로 보낸다. 이미 수십 번의 기회를 놓쳤고, 지금의 기회마저 놓쳐 버렸으며 앞으로의 기회도 놓쳐 버리는 것임에도 공정과 공평을 이야기하며 푸념하고 포기하고 원망만 하는 실패한 인생을 합리화할 남 탓만 주위 담는다. 옆에서 지켜보기엔 정말 답답한 노릇이다.

결국 신은 공평하다. 동전의 양면처럼 우리 인생에 붙어 가는 기회와 위기의 과정에서 우리는 지독하고 악착같은 절박함으로 현명해질 필요가 있다. 하나뿐인 소중한 내 운명을 결정하는 열쇠이기에 죽는 날까지 계절풍처럼 돌아오는 기회를 잡을 준비를 하자.

운명의 그날

살다 보면 신의 때와 나의 때가 같은 그날이 온다
그날이 바로 운명의 그날이다
수십 개의 문을 지나 마침내 그때의 문을 열 때
준비 안 된 미련함의 판단이 놓쳐 버린
나에게 허락된 수십 번의 신의 때가 있었음을 알게 된다
그러나 긴 인생에 어찌 기회가 한 번뿐이겠는가?

관계의 기준

지나침을 경계하고 모자람을 두려워하고,
부족함과 옹졸함을 부끄러워하자
무관심의 무심함도 선을 넘은 미움도 미안해하고,
너그러움과 적당함의 만족을 기준으로 삼자
난마처럼 얽히고설킨 관계 속에서,
열심히 살아온 내가 상처받지 않도록
나를 버리고 산 세월이 억울하지 않도록

몽돌의 꿈 2

파도가 밀려오면
몽돌은 함께 노래를 부른다
태풍이 밀려오면
몽돌은 힘을 나누어 버린다
바람이 불어오면
몽돌은 가슴에 스며들게 한다
나는 몽돌이다

파도의 노래

누구의 절절한 사연을 담은 노래를 실었을까?
하얀 모래 속에서 조잘거리던 추억들은 빠져나가고
이제는 딱딱한 껍질만 남았지만 기억한다
여전히 남태평양 파도와 부르던 선율은 들락거리니
파도여 벌이여 그리고 출렁이던 물결이여
나는 절대 그대들을 잊은 적 없다고 전해 주오

보는 위치나 관점에 따라 추구하는 바에 따라
인생의 가치는 천양지차의 격을 보인다.
기회와 운명은 항상 같이 다니지만
그렇다고 항상 같은 편은 아니다.

기회와 운명

우리가 인생이라는 길을 걷다 보면 운명이라는 이름으로 수없이 많은 기회라는 것이 배달된다. 그러나 우연인 것처럼 나에게 배달된 기회는 대부분이 나의 인생을 가름하는 중요한 운명의 고리이기에 이를 놓칠 경우 혹독한 상실의 대가를 치러야 한다. 우리는 기회가 기회인지 모르는 경우가 허다하고, 기회다 싶다가도 기회를 잡을 기초적인 체력과 정신력이 갖춰지지 않은 탓에 힘에 겨워 스스로 놓쳐 버린다. 하나뿐인 우리 인생의 소중한 운명을 결정짓는 기회가 배달되었음에도 잡을 준비도 하지 않은 채 그 기회를 맞이한다는 것이 얼마나 섬뜩한 이야기인가?

밀물이 오고 썰물이 오듯 비례하여 기회와 행운도 찾아온다. 행운이 배달되었을 때 마치 평생 이 순간을 위해 기다려 온 듯이 적극적으로 힘을 다해 기회를 잡는 사람이 있고, 건성으로 채워진 게으름과 나태로, 기회가 다시 올 것이라는 안일함과 오판으로 배달된 행운을 바람처럼 날려 보내는 사람도 있다. 성공한 삶을 살 이들은 위기도 기회라 생각하고, 기회는 다시 못 올 것이라 확신하며 절박함으로써 그 기회를 행운으로 바꾼다.

기회는 단순히 운이 아니기에 나의 것으로 만들기 위한 준비와 훈련이 되어 있어야 한다. 잡을 것인가 놓칠 것인가가 운명의 전부 인지도 모르기 때문이다. 신은 어떤 이에게는 행운의 모양으로 줬다가 비참하게 뺏어 버리기도 하지만, 어떤 이에게는 엄청난 고난처럼 주었다가 덤을 누리게도 한다. 그래서 우리는 이를 마치 평생 예견하고 산 것처럼 일희일비하지 않고 담담하게 맞아야 한다. 누구에게나 위기와 좌절, 고난과 어려움이 찾아온다. 그러나 적극적으로 사력을 다해 보란 듯이 그 산을 넘어야 한다. 감당하지 못할 시련은 없다고 생각해야 한다. 시련과 연단은 나를 더 단단하게 만들어 곧 다가올 기회와 행운을 잡기 위한 전조임을 믿어야 한다.

인생의 말년에서 힘들게 사는 사람들은 대부분 인생은 절대 공평치 않다고 이야기한다. 그러나 자신에게 찾아왔던 무수히 많은 기회들을 놓친 이야기는 하지 않는다. 기회가 왔다 갔는지도 모르기 때문이거나 이를 인정하기 싫은 것이다. 홍콩에는 리카싱이라는 유명한 부동산 재벌이 있다. 홍콩 증시의 30% 정도를 가지고 있는 사람이다. 그에게는 그를 30년간 모신 운전기사가 있었는데, 운전기사가 은퇴할 때가 되자 리카싱은 오랫동안 자신의 손발이 되어준 운전기사에게 퇴직금과는 별개로 거금의 사례금으로 고마움을 표했다. 그런데 운전기사는 그 돈을 정중히 거절하며 이렇게 이야기한다. "회장님을 모신 덕에 자신도 30년 동안 2억 위안(342억 원) 정도의 재산을 모았습니다. 회장님의 차를 몰면서 회장님이 가는 곳은 어디든 동행하며 회장님이 사는 주식을 샀고 회장님이 사는 땅 옆의 땅을 샀습니다." 그 운전기사에게 기회를 준 사람은 회장이 아니었고, 스스로 기회를 만든 운전기사였다.

기회는 운명처럼 거창하게 오는 것 같지만 대부분 일상 속에 있기에 우리에게 허락된 일상을 결코 가볍게 여기지 말아야 한다. 남의 삶과 비교하지 말고 자신의 삶을 즐기면서 기회를 스스로 찾으며 자신의 가능성을 믿어야 한다. 우리는 성공한 이의 모습을 보며 그들이 어떻게 기회를 잡았는지 들여다보는 동시에, 아직 우리에게 배달되지 않은 기회를 호랑이의 눈으로 노려보며 대어를 낚는 태공의 심정으로 호흡을 길게 하고 기다려야 한다.

내가 비교하고 있는 그 사람은 나를 비교의 대상으로 삼는다. 보는 위치나 관점에 따라 추구하는 바에 따라 인생의 가치는 천양지차의 격을 보인다. 기회와 운명은 항상 같이 다니지만 그렇다고 항상 같은 편은 아니다.

길

앞서가는 사람들이 기다리지 않도록 빨리도 걸어야 하고
천천히 온 사람과 함께 갈 수 있도록 기다릴 줄도 알아야 한다
걷다가 힘에 겨운 지친 사람을 만나면
손을 잡아 줄 줄도 알아야 하고
내가 지치면 손도 내밀 줄 알아야 한다
인생이라는 길은 배려와 양보로 함께 걸어야 한다

그 누군가에게

누군가의 위로가 된다는 것은 사랑이고
누군가를 지킨다는 것은 지독한 사랑이다
누군가의 도움과 위로가 필요하다면
누군가의 절박함을 보았다면
골목길 끝에서 누군가 안아 준다
아직 세상이 살 만한 이유가 여기에 있다

진심 보존의 법칙

바빠서라는 말은 하기 싫다는 말이다
하기 싫다는 말은 마음이 떠났다는 말이다
마음이 떠났다는 것은 사랑이 끝났다는 말이다
이 단순한 것을 모르는 것이 아니다
영문을 모르니 마음이 아프고 추억이 시리다
영원할 것 같았던 마음으로 지켜본 그 바다는
변함이 없는데 나는 떠나보내고서야 알았다
좋은 내가 되어야 좋은 사람이 온다는 것을

파도

내가 기다리는 사람이 오지 않으면 속이 탄다
내가 듣고 싶은 말을 빨리 듣지 못하면 애가 탄다
내가 보고 싶은 것을 보지 못하면 눈물이 난다
왔다가 가 버리기를 수만 번, 결코 머물지 않는다
어느새 기다림으로 응고된 돌엔 그리움의 물이 들었다
인생은 기다림으로 시작해서 기다림으로 마친다
나는 파도의 시작을 모르듯 끝도 모른다

멈춰야 비로소 보이는 것들이
고즈넉한 시골 마을에서 만난
비움과 채움의 여행길은
여유라는 이름으로 그대를 기다리고 있다.

빈곤의 시대, 상실의 나이

세월은 무심하게도 흘러 나를 육십의 나이에 가져다 놓았고, 이를 증명하듯 벌써 눈에 넣어도 아프지 않을 손녀가 둘이다. 열심히 산 것에 대한 보상이 이 아이들일까? 두 아이들의 재롱에 이게 사람 사는 건가 싶을 정도의 행복을 맛보고 있지만, 덧없이 흘러가는 세월은 내가 잡을 방법이 없으니 나에게 허락된 하루하루가 정말 소중해지는, 세월이 익어 가는 오감의 시절이다.

어떤 선배들은 삶에 대해 미련이 없다고 담담하게 이야기들 하지만 그것도 모두 빈말이라는 것을 나는 안다. 더구나 요즘처럼 살기 좋은 세상에는 누구나 삶에 대한 애착은 있을 것이니, 한 번 태어난 인생 덧없이 가는 것을 아쉬워하지 않을 사람이 누가 있을까? 그래서 나는 가는 세월이 아쉬워 언젠가부터 삶의 흔적들을 남기는 것을 좋아한다. 집사람은 그런 나에게 자기애가 충만한 사람이라고 핀잔을 주지만, 한 번뿐인 인생의 결과물을 정말 소중하게 생각한다는 것은 삶에 대한 끊임없는 동기부여로 의미 있는 삶을 살게 하는 에너지의 원천 같은 것이다.

여유와 여백을 가진 자의 전유물로 생각하면 오산이다. 가진 사람들이 더 궁핍할 수 있다. 고생의 인이 박혀 자신을 위해 쓰는 것인데도 인색하기 그지없는 그런 사람들을 주위에서 수도 없이 보아왔다. 자식에게는 자신의 인생을 즐기면서 행복하게 열심히 살아가는 진솔하고 진지한 모습의 유산을 물려주고, 국가에는 미안하지만 살아오는 동안 각종 소비에 악착같이 붙인 세금과 월급에서 따박따박 받아간 세금으로 국민의 도리를 다했다 생각하고, 이제는 남은 재산 고생한 나를 위해, 함께한 아내를 위해 미련 없이 써야 한다는 것이 지금 나의 소비지론이다.

사람은 빈손으로 태어나 빈손으로 죽는다. 지금 우리가 가지고 있는 것은 과거에 누군가가 가지고 있던 것이며, 미래의 그 누군가가 가지고 있을 것이다. 열심히 일해 번 돈도 유산과 상속이라는 이름으로 반은 자식이 가져가고 반은 상속세와 양도세라는 이름으로 국가가 가져간다. 그래서 있으면 있는 대로, 없으면 없는 대로 인생 후반에는 힘들고 고달프던 인생의 치열한 전장에서 고생을 한 자기 자신을 위해 쓸 줄 알아야 한다. 인생의 과정마다 우리가 정작 두려워해야 하는 것은 호주머니의 빈곤이 아닌 사람의 빈곤, 삶에 대한 상실감이 주는 의지의 빈곤이다.

나이가 드는 것이 두려운 것은, 죽는 것이 두려운 것이 아니라 포기하고 내려놓는 과정들이 반복되고 이로 인해 초라해지는 내 모습을 사랑하는 이에게 보여야 하는 까닭이다. 그래서 나이가 들어도 기품을 잃지 않을 욕심의 크기를 정해야 한다. 그 크기 안에서 사는 방법을 적어도 마흔 살 때부터는 준비해야 한다.

그 과정에서 욕심의 크기를 조절해야 한다. 과감히 자신의 삶을 위해 내려놓고 포기하지 않으면 평생 빈곤의 시대, 상실의 틀 안에서 고단한 삶을 살 수밖에 없을 것이다. 지독한 상실감으로 많이 있는 사람은 여유가 있으니 행복하겠지만, 나는 개뿔 가진 것이 없으니 여유가 없다는 초라한 생각은 버려야 한다. 나에게 주어진 시간은 갈수록 줄어든다. 늦었다고 생각할 때가 가장 빠를 때이니, 멈춰야 비로소 보이는 것들이 고즈넉한 시골 마을에서 만난 비움과 채움의 여행길은 여유라는 이름으로 그대를 기다리고 있다. 불행은 마음의 덫이자 늪이고 무덤임에도 자신이 불행하다고 자랑삼아 이야기하는 그 자체가 또 다른 불행이다.

불행은 마음의 면역기능이 상실하면 바이러스처럼 원망과 한탄을 숙주로 삼아 파멸의 길로 끌고 간다. 나는 운이 없어서, 나는 모자라서, 나는 부족해서 실패할 수밖에 없었다며 스스로 불행의 어둠에 갇혀 있는 이여, 미명의 새벽에 머물러 보라. 상실의 시대, 그 칠흑같이 어둡던 세상이 태양 하나로 간단히 밝음으로 정리되는 기적을 우리는 매일 만난다. 그 기적을 보고서도 미련으로 스스로 포기하는 힘든 삶을 산다면 정말 미련한 것이다.

소박함의 풍요

오 일에 한 번 열리는 시골 장날엔 없는 것 빼고 다 있다
한 집 건너 편의점이 있고 마을 건너 마트가 있는 간편한 세상
오늘 주문하면 내일 바로 배달해 주는 스마트한 세상에
해와 바람이 땅과 만나 선물한 세상에
다시없는 소박한 결실들이 오일장의 모퉁이 좌판을 채운다
땀이 키우고 수고가 만든 것이기에 경외심마저 든다
한 대접 담긴 소박한 풍요의 또 다른 이름은 고향이다

용마루의 꿈

용마루 올린 기와 아래에는 등용문의 전설이 있다
황하 상류 용문협곡을 거슬러 올라간 물고기는
용이 된다는 가슴 뛰게 하는 천년 묵은 이야기가 있다
숱한 난관을 넘어 등용문의 문턱에 서면
박복한 팔자와 모진 운명이 표정을 바꾸고 나를 기다린다
그것이 출세라는 것이니 등용문, 그 문은 내가 여는 것이다

다육이의 삶

어느덧 잎사귀로 채워진 화분
이제 때가 되었으니 꽃이 핀다
모두가 뿌리는 하나지만
꽃은 열릴 가지에만 핀다
햇빛도 피하고 비도 피하며 살지만
제한된 고작의 수명이 한이로구나

순리와 조화

자연의 섭리를 거스른 채
생존의 몸부림으로 곤고하게 사는 우리는
진정한 공존의 방법을 배운 적도 없기에 알 턱이 없다
질서 없어 보이지만 조화로운 담쟁이와 성벽의
천년을 이어온 조화와 공존의 세월에는
만물과 만상이 어우러진 순리가 흐른다

제**4**장

입버릇처럼 당당하게 이야기하라.
나에게는 가족이 제일 소중하다고….
가족은 험한 세상 내가 지탱하는 힘이고
내가 지켜야 하는 최후의 보루이다.
국가가 나의 가족을 지켜 줄 때 조국이고
사회가 나의 가족을 안아 줄 때 공동체이다.
그렇다면 나를 지켜 주지 않는 가족은 남이다.
나이가 드니 비겁하게 가족이 좋아졌다.

아버지와 아들
그리고 그 아들

기억보다 선명한 것은 기록이다.
먼 훗날 내가 세상을 얼마나 열심히 살았는지
가족을 위해 얼마나 열심히 노력했는지를
습관처럼 기록으로 사진으로 남겨 두자.

기억보다 선명한 것은 기록이다

마냥 품 안의 자식이겠거니 했던 딸이 어느새 성장해서 결혼하고 분가하여 두 딸의 엄마가 되었고 곧바로 나에게는 억울한 나이에 할아버지라는, 아내에게는 할머니라는 쑥스러운 훈장을 달아 주었다. 처음에는 불편하기만 했던 할아버지라는 호칭이 아이들의 앙증맞은 입에서 나올 때 인정하기 싫은 어색함은 특별함이 되어 세상을 얻은 듯 행복했다. 흔히들 손자 손녀들이 자식들 어릴 적보다 더 예쁘다는 말에 설마 했는데 내가 몸소 겪어 보니 그 말이 결코 틀리지 않았다. 자식 때와는 확연히 다르다.

자식 때는 살기에 바빠서, 엄마 아빠가 처음이어서, 서툴러서 소홀하고 못 챙겨 주고 무심코 지나갔던 것들이 이제는 시간의 여유와 경제의 여유가 생기니 그 틈 사이로 내리사랑이 보이고 그때 못 해 주었던 미안함을 자식의 자식에게 갚는 꼴이다. 아이들이 집에 오는 날에 집사람과 나는 모든 것이 봉인해제되어 웃을 일만 있다. 가끔 휴대폰에 저장된 아이들의 사진을 보면 나도 모르게 입꼬리가 올라가고, 주변 사람들은 그 사진이 손녀들의 사진임을 금방 안다. 내가 경험해 본 바에 따르면 주변에 자랑하는 것들도 세월에 따라 변한다. 이십 대에는 애인, 삼십 대에는 아내, 사십 대에는 자식, 오십 대에는 취미, 육십 대에는 손주. 그래서 지금 나의 휴대폰에 저장된 사진의 절반이 손녀들의 사진이다.

아이들이 태어나고 난 뒤 우리 가족도 SNS 시대에 맞추어 가족들이 소통할 수 있는 가족 단톡방을 만들었다. 말이 가족 단톡방이지 아이들의 커 가는 모습을 확인하며 그 재롱에 행복을 느끼는 '성장일기방'이라 해도 과언이 아니다. 딸은 하루에도 몇 번씩 아이들의 예쁜 모습을 사진으로 동영상으로 찍어 단톡방에 올리고, 우리는 탄성을 지르며 열심히 댓글을 단다. 결국 아이들이 가족들을 하나로 묶고 긍정적인 에너지를 발산하게 하는 구심점이 되어 기특하고 대견한 역할을 하고 있는 셈이다.

내가 들은 어느 현명한 부모의 경험담이다. 사춘기인 딸이 부모들이 무엇을 물었는데 대답을 안 해 이유를 물으니, 매일 '학교는 잘 갔다 왔냐? 밥은 먹었냐? 왜 공부는 안 하느냐?' 매일 같은 지적에 같은 질문을 한다며 대답이 곧 짜증으로 돌아오고 자신의 방에 들어가 문을 걸어 잠그고 나오지 않는다는 것이다. 참으로 환장할 노릇이다. 그래서 고민과 고민을 거듭하다가 자신이 오래전 찍어 둔 아이의 성장일기 중 동영상 몇 개를 손편지와 함께 카톡 메세지로 보냈다고 한다. 한 살 때 막 말을 시작할 무렵 한 단어를 가르쳐 주기 위해 수십 번을 반복하던 엄마의 모습과, 막 말문을 틀 때 똑같은 질문을 수십 번 반복하는 아이의 질문에도 변함없이 웃음으로 답해 주던 모습이 담긴 동영상과 엄마의 진심이 담긴 손편지를 읽은 아이는 곧 앙증맞고 귀여운 이모티콘과 함께 '엄마 고마워 그리고 사랑해'라는 메세지를 보내왔더란다. 아이를 진심으로 사랑할 줄 아는, 참 멋진 엄마의 지혜로운 소통의 방식이다.

기억보다 선명한 것은 기록이다. 그 기록에 굳이 형식은 필요 없다. 먼 훗날 내가 세상을 얼마나 열심히 살았는지 가족을 위해 얼마나 열심히 노력했는지를 습관처럼 기록으로 사진으로 남겨두는 일은 나를 되돌아보는 나에게 주는 현명한 거울인 동시에 아이들에게는 소중한 추억이며 행복한 유산일 수 있다. 몇 년 전 첫 번째 손녀가 태어났을 때 사돈은 친손녀의 작명을 양보하셨다. 사위에게서 사돈의 고마운 배려의 마음을 전달받고, 그래서 몇 날 며칠을 고민하다 소울이라 이름을 지었다. 그날 나는 다음과 같은 내용으로 딸과 사위에게 소울이라는 이름과 의미를 적어 보냈다.

'소울이란 세상을 움직이는 작은 영혼의 소리라는 뜻으로, 우리 소울이가 작은 것을 가볍게 생각하지 않고 작은 소리에 귀를 여는 배려심과 사랑으로 모든 사람에게 감동의 울림을 주고 사랑받는 현숙한 여인의 삶을 살기를 소망한다.' 나의 영혼과 맞닿은 아이 소울이와 이어 태어난 로울이의 미래가 기대된다.

소울이와 로울이

네가 커서 부모가 되면 부모 마음을 알 거라는 말은
자식에게 해서는 안 되는, 참으로 모진 말이다
뒤늦게 부모의 마음을 알고 아파하는 자식의 모습을
보는 것도 싫은 것이 부모의 마음이기 때문이다
세상을 깨우는 작은 소리 소울이, 세상을 이롭게 하는 로울이
그저 나는 내 손녀들이 그런 것 모르고 살았으면 좋겠다

가족의 시간

맛있는 것을 먹을 때 가장 먼저
생각나는 사람이 나에게는 너이다
좋은 곳에 갔을 때 가장 먼저
생각나는 사람이 나에게는 너이다
내가 외롭고 힘들 때 가장 먼저
생각나는 사람이 나에게는 너이다
너희들이 아니었으면 내가 못 만났을
행복이 모여 가족의 시간이 된다

추억 소환

손녀의 오동통한 손목 위에
내 어릴 적 그리운 추억이 내려앉았다
시간의 개념이 없었기에 롤렉스가 무엇인지도 몰랐고
만남과 이별을 몰랐기에 세월의 의미를 몰랐다
시침과 분침도 없었기에 조급함도 없었고
싫증이 나면 버리면 되니 부족할 것 없는 부자였다
그때보다 수천 배를 이루고도 그 무엇인가를
기다리는 것은 참으로 염치가 없는 일이다

손녀에게

지나가는 산들바람에도 행여나 날아갈까
스쳐 가는 햇살에도 행여나 베일까
감싸 안고 사랑하던 너는 나의 또 다른 거울이다
좋은 일은 햇살처럼 따스하게 스며들고
나쁜 일은 바람처럼 냉큼 사라지기를
언제나 두 손 모아 간절히 기도하는
너를 닮은 사람들이 있으리니 그게 가족이고
나를 닮은 영혼이 있으니 그게 바로 너란다

내가 주변에 선한 영향력을 행사하고
긍정적인 에너지가 가득한 삶을 산다면
내 인생을 병들게 하는
인간 암세포들은 사라질 것이다.

암은 허약한 숙주를 통해 자란다

살다 보니 어느새 나이가 들어 내 삶의 일부였던 정말 소중한 사람들이 하나둘 내 곁을 떠나버렸고, 나는 그분들에 대한 간절한 그리움으로 살고 있다. 그중에서도 20여 년 전 일흔다섯의 나이에 폐암으로 돌아가신 아버지에 대한 사무쳐 오는 그리움이 제일 크다. 한평생 가족을 위해 고생을 업고 헌신적인 삶을 사셨지만, 한번도 인생의 달콤한 맛을 제대로 누리지 못하신 아버지의 삶이 억울하고 분하다고 생각하기에, 내 삶도 챙기기 버겁다는 궁색한 핑계로 살아 계실 적에 잘해 드리지 못한 미안함과 고마움이 미련과 아쉬움의 독한 그리움으로 나를 살게 한다.

아버지는 정말 담배를 좋아하시는 애연가셨다. 힘든 삶을 사셨기에 그저 담배가 유일한 위안이고 위로였다. 하루 두 갑도 마다하지 않으셨다. 그러다 어느 날 불쑥 폐암이 찾아왔다. 아버지 몸에 들어가 폐를 삶의 터로 삼은 암세포는 아버지의 죽음이 자신의 종말인 줄 알 턱이 없다. 자신의 종말을 재촉하며 지독하게도 아버지를 괴롭히던 암세포는 가족들을 위해 생을 버리신 아버지의 고귀한 일생은 애초부터 안중에도 없었다. 남겨질 가족들을 향한 아량은 기대조차 하지 않았지만 보내는 이들을 향한 알량한 배려도 없었다. 아버지는 고통스러운 항암치료를 받으셔야 했다.

결국 저항 한번 못 하고 암에게 무기력하게 생을 넘겨 주고, 6개월 만에 아버지는 돌아가셨고 화장장에서 암세포는 함께 태워졌다. 암세포도 종말을 맞았다. 암세포는 숙주를 기반으로 살아가지만 그 숙주가 끝나는 날이 자신의 종말임을 모른다. 아버지의 죽음 끝에도 자신은 살 줄 알았던, 아버지를 괴롭히던 그 죽이고 싶은 암세포가 소멸의 화로에서 생을 마감할 때 나는 그제서야 평안의 위로를 만났다. 정말 처음 접해본 묘한 경험이었다.

우리는 인생을 살면서 암세포와 같은 인간들을 가끔 만난다. 사람은 세 가지 종류가 있다고 했다. 자신도 잘되고 남도 잘되게 하는 사람은 정말 좋은 사람이다. 자신을 버리고 남을 이롭게 하는 사람처럼 인간계가 아닌 선한 사람들도 있다. 그러나 그런 사람들은 만나기가 쉽지 않다. 반면 자신을 챙기기 위해 남을 해롭게 하는 사람들과, 이를 뛰어넘어 자신도 챙기지 못하면서 남도 챙기지 못하게 하는 최악의 피곤한 사람들이 징글징글하게도 우리 주변에 산다. 우리들은 불행히도 인생의 대부분 이런 유형의 사람들과 얽혀 사람들에 치여 스트레스와 상처를 입으면서 살아간다. 그런 사람들은 남이야 어찌 되었든 상관하지 않는 궤변과 합리화로 무장한 채, 스스로 사회나 인간관계에서 암적인 존재라 생각하지 않으니 환장할 노릇이다. 스트레스를 업고 악연의 인간 암세포들은 소리 없이 그렇게 우리들의 삶에 주인처럼 자리 잡고 부정한 기운으로 채운다.

우리 삶의 건강을 위해, 암세포 같은 인연들이 내 삶을 숙주로 삼아 성장하지 않도록 스스로 경계하고 방어적 수단을 동원하여야 한다. 그러기 위해서는 외적으로는 악연 관계의 암적 존재와 과감한 단절이 필요하다. 가족이든 직장 상사이든, 사업 동반자이든 정확히 선을 긋고 사회적 거리를 확보하고 내적으로는 나를 힘들게 하는 우울한 생각과 왜곡된 가치관과 합리화된 게으름을 긍정적 에너지의 활력으로 바꾸어야 한다. 마음이 힘들면 몸이 무거워진다. 스스로 미련으로 가득한 인간관계를 간결하게 하고, 그렇게 얻은 마음의 활력으로 내가 주변에 항암제 같은 선한 영향력을 행사하고, 긍정적인 에너지가 가득한 삶을 산다면 자연스럽게 우리 인생을 병들게 하는 인간 암세포들은 사라질 것이다.

교만의 성

나는 내 견고한 성을 반드시 지키리라
그 누구도 감히 넘보지 못하도록
독선의 창끝에 아집의 깃발을 세워라
이설의 혀끝에 출세의 승전보를 울려라
수백 번의 주인이 바뀌어 오늘을 견디는
그 성이 나는 나의 성인 줄로만 안다

산다는 것

저마다 자기만의 견고한 벽을 쌓고 산다
높으면 높을수록 좋고 두꺼우면 두꺼울수록 더 좋다
소통의 열린 사회에 스스로 경계를 허물고
시시콜콜한 것들까지 자랑하며 살고 있지만
진실은 아니기에 벽은 더욱 높게 두껍게 쌓여 간다

관계의 기준

피었을 때 예쁘지 않은 꽃은 없고
여름에 싱그럽지 않은 푸른 잎도 없다
사랑을 할 때 넉넉하지 않은 사람은 없고
이별을 할 때 인색하지 않은 사람도 없다
사람이 좋을 때 안 좋은 사람은 없고
사람이 나쁜데 나에게만 좋은 사람도 없다
인생을 살며 힘들지 않은 사람 없고
세상을 떠날 때 후회하지 않는 사람도 없다
몰랐는가? 사람 사는 것이 다 그러니
그대는 따뜻함으로 주위의 온기가 되라

자갈밭 인생

뾰족하면 다친다 둥글게 둥글게
방심하면 당한다 야무게 야무게
노력하면 웃는다 열심히 열심히
틈만 나면 갈란다 천천히 천천히
자갈밭이든 가시밭길이든
같이 걸어 주는 그대가 있다면
얼마든지 그 길을 걸을 수 있겠다

수고한 내 인생에 스스로 보상하고

고생한 아내에게 보답하는 차원에서

자식들과 함께 여행하고 즐기며

행복한 추억을 유산으로 물려주기로 했다.

아들과 나

자식은 부모의 거울이기에 부모의 살아가는 모습이 어김없이 자식의 삶 속에 고스란히 투영된다. 그래서 부모들은 완벽하고 성실하며 존경받는 부모가 되기 위해 자식들 앞에서는 실수하지 않으려 하고, 설사 실수를 했다 치더라도 그 실수를 인정하지 않으려 한다. 나도 그렇다. 그러면서도 자식들에게는 잘못을 인정하고 반성하고 그 반성을 거울삼아 정직하고 반듯한 삶을 살라고 주문한다. 그러나 불행하게도 요즘 아이들은 총명하여 부모의 잘나고 못난 모습을 판단할 줄도 알고 평가할 줄도 안다. 영악하게도 모른 척하고 있을 뿐이고, 순진한 어른들만 모르고 있을 뿐이다.

어느 날 고교생 아들과 모처럼 마주 앉아 미래에 대한 진지한 대화를 나누었다. "아들아! 이제 너도 고등학생이 되었으니 너의 장래를 위한 실질적인 고민을 해야 할 나이구나. 그래, 너의 꿈은 무엇이냐?"라고 물었더니 아들이 잠시 망설이다가 "아빠, 저는 커서 재벌 2세가 되고 싶은데 아빠가 노력을 안 해서 걱정이니 아빠가 조금 더 노력해 주세요"라고 대답한다. 아들의 대답에 기가 찬 나는 바로 이렇게 응수했다. "아들아! 아빠가 너처럼 청소년 시절을 생각 없이, 청년 시절을 대책 없이 보내다 보니 지금 아빠는 아무리 노력해도 이번 생에는 재벌이 되기는 틀린 것 같구나. 그런데 아빠는 재벌 애비가 꿈이다. 이제 인생의 출발점에 서 있는 네가 노력해서 아빠의 꿈을 이루어 주면 안 되겠니?" 서로 웃자고 한 이야기지만 부모와 자식이 서로 바라보는 산이 그렇게 다른가 보다.

또 어떤 날은 아들이 아빠가 너무 고향에 집착해 오히려 가족들을 질리게 한다고 했다. 그런 아들에게 "아빠가 도시에서 치열하게 살다 보니 너무 힘들게 일했고 잘살고 싶으니 욕심이 났고, 그 욕심이 끝이 없더라. 그 욕심이 아빠를 비열하게도 만들고 구차하게도 만들고 부끄럽게도 하더라. 그때마다 고향을 다녀오면 욕심에 가득 찬 못난 나를 되돌아보게 되고 다니던 중학교 교정에 들러 정겨운 친구들과 소박한 꿈에 행복해하던 학창 시절을 만져 보며 위로받게 되니, 힘들 때마다 습관처럼 고향을 찾게 되더라. 먼 훗날 아빠가 너희 곁을 떠났을 땐 네가 이곳을 나처럼 찾게 될 것이다. 이곳에는 아빠의 아버지의 뿌리가 있고, 너의 아빠의 삶의 흔적이 있는 곳이기 때문이다." 나이가 드니 말이 많아지고, 괜한 서러움과 아쉬움에 주책없이 섭섭함은 늘어난다.

흔히 우리 세대를 두고, 부모님을 끝까지 봉양해야 하는 마지막 세대이면서 자식에게 끝까지 봉양받지 못하는 첫 세대라는 뜻으로 말초세대(末初世代)라 이야기한다. 아리고 슬픈 이야기지만 엄연한 현실인 것 같다. 그렇게 어렵고 힘든 시절 아끼고 절약해서 재산을 모았건만, 모든 것에 붙어 있는 세금은 정말 무섭다. 열심히 세금을 내도 그 세금을 자기 돈처럼 생각하며 생색내는 정치인들과 정부는 마치 뻔뻔한 강도처럼 느껴지기도 한다. 요즘 세대들은 '영끌'이라도 해서 부동산을 사려 한다. 부동산을 살 때는 만만치 않은 취득세를 낸다. 가지고 있는 동안에는 엄청난 보유세를 낸다. 그게 힘들어 팔려고 하니 50%의 양도세를 낸다. 그래도 팔아서라도 자식에게 물려주려 하니 거기에서 증여세 50%를 떼 간단다. 그래서 상속하려 했더니 50% 상속세를 낸다. 결국, 부동산으로 모은 재산은 거품이지만 부동산이 아니면 재산을 모을 방법도 없다.

나는 이런 현실을 받아들이고 순응하는 뜻에서 자식에게 유산을 물려주지 않고, 수고한 내 인생에 스스로 보상하고 고생한 아내에게 보답하는 차원에서 자식들과 여행하고 즐기며 행복한 추억을 물려주기로 했다. 그러다 쓰다 남는 것이 있다면 물려주는 것이 유산이라면 유산일 수 있겠다. 그것이 자식들에게 짐이 되지 않고, 스스로의 삶을 아름답게 마무리하며 행복한 여생을 보내는 유일한 방법이자 지혜의 길이다. 상실의 시대에 살고 있는 지금, 죽는 날까지 자식에게 짐이 되지 않고 힘이 되기 위해 잔인한 현실에 지독히 냉정한 이성적 판단이 필요하다.

인생 농부

모든 미움은 섭섭함에서 시작되고
모든 설움은 부족함에서 비롯된다
베풂과 나눔은 곳간에서 나오는 것이 아니라
따뜻한 가슴에서 허락하는 것이다
모든 사랑은 고마움에서부터 출발하여
배려라는 넉넉한 종착역에서 내린다
나는 풍요의 뜰에서 인생의 농부를 만나고 싶다

낙화유수

꽃망울에서 꽃으로 꽃에서 낙화로
모든 것이 처음인 듯 마지막이다
지나가는 바람인들 나를 기억해 줄까?
스쳐 지나가는 벌꿀인들 나를 기억해 줄까?
생경한 그대라도 찾아와
사진으로라도 기억해 주니 고맙다

상실의 인생 1

풋풋한 설레임을 잊은 지 오래다
상큼한 기분을 느낀 지 오래다
익숙한 무감각에 무디고 무뎌진 심장은
무엇을 봐도 누구를 만나도 감흥이 없다
눈물은 마르고 웃음은 고갈되었다
그 고단한 사이를 비집고 들어온 그대지만
며칠을 피더니 이내 지고 말았다

꽃이 떨어져야

꽃잎이 져서 서러운가?
떠나갈 때가 되어 눈물이 나는가?
그리될 줄 정녕 몰랐는가?
몽매하던 나도 돌고 돌아 알았다
작년에도 보았고
올해도 보았던 미련의 잔영 탓이다

내 기억 속의 아버지는 포기하는 삶에 인이 박힌
상실의 세월을 사셨다.
그래서 금수저를 물리고 옥수저로 떠먹이지 못한
아버지가 원망스럽기보다 미안하고 죄스럽다.

아버지의 바다

나는 어릴 적부터 영화를 정말 좋아했다. 이야기가 좋았고, 현실을 넘는 환상이 좋았다. 그 덕에 올해 결혼한 지 25년이 되었는데 집사람과 극장에서 함께 본 영화가 어림잡아 약 250편이고, 집에서 본 영화 또한 그 정도가 된다고 볼 때 약 500편의 영화를 보았다. 그중에서 인생 영화 몇 편을 꼽으라면, 나는 주저 없이 종교적 신앙심에 충만했던 중학교 때 본 윌리엄 와일러 감독의 종교 영화 '벤허'와 한국 영화 '국제시장'을 꼽는다.

'벤허'가 신과 인간의 거룩하고 스펙터클한 이야기라면, '국제시장'은 1950년대 한국전쟁 이후로부터 현재에 이르기까지 격변의 시대를 관통하며 살아온 우리 시대 가장 평범한 아버지의 가장 위대한 이야기이다. 유독 아버지에 대한 애틋함이 많은 나는 그 영화를 세 번이나 극장에서 보았다. 6 · 25 전쟁통에 졸지에 가장이 되어 아버지와의 약속을 지키기 위해 모진 세월 잔인할 만큼 힘들었지만 어머니와 가족들을 위해 희생하며 참아야만 했던 주인공 덕수의 아버지를 향한 독백, "아부지 내 약속 잘 지켰지예? 이만하면 잘 살았지예? 근데 내 진짜 힘들었거든예?"가 나오는 장면에서는 마치 나의 이야기처럼 느껴지는 몰입감과 먹먹해지는 공감대에 눈물을 펑펑 흘려야만 했다. 남자임에도 세월이 갈수록 넘치는 감성이 더해져 가끔은 나를 힘들게 한다.

온갖 역경을 딛고 오로지 자식들과 가족들을 위해 희생한 이 시대의 아버지가, 아버지의 아버지에게 한 독백은 많은 울림을 주었다. 덕수의 아내는 "당신 인생인데 그 안에 왜 당신이 없냐?"라고 남편을 책망하지만, 덕수는 말한다. "내는 그리 생각한다. 힘든 세월 태어나가 이 힘든 세상 풍파를 우리 자식들이 아니라 우리가 겪는 게 참 다행이라고…." 어떤 평론가는 이 영화가 너무 신파적이라 평했지만, 모든 영화가 심오할 필요는 없고 어차피 인생은 신파일 수밖에 없으니 나는 신파의 감동을 택했다.

영화 '국제시장'을 보는 내내 덕수의 삶을 사신 나의 아버지가 오버랩되었다. 평생 배를 타신 아버지는 우리와 놀아 주신 적도, 그 흔한 외식 한번 사 주신 적도 없다. 평생 힘들게 사신 무뚝뚝한 아버지가 우리를 따뜻하게 안아 주신 적도 없다. 그런 아버지가 섭섭하기보다 그렇게 못 하신 아버지가 서럽다. 그런 아버지가 야속하기보다 그렇게 못 하신 아버지가 아프다. 내 기억 속의 아버지는 포기하는 삶에 인이 박힌 상실의 세월을 사셨다. 그래서 금수저를 물리고 옥수저로 떠먹이지 못한 아버지가 원망스럽기보다 미안하고 죄스럽다. 효도도 제대로 못 했고,

196

보답이라는 거창한 것도 못 했는데, 나의 아버지는 20년 전 지친 듯한 모습으로 생을 마감하고 그렇게 다시 못 올 먼 길을 떠나가셨다.

그렇게 세상을 떠나신 아버지는 우리 삼 형제에게 각각 한 달에 12,000원씩 넣은 10년 만기 교통사고 보험성 예금통장을 남기셨다. 통장 2권에 120칸을 메꾼 140만 원, 10년이라는 세월 동안 한 달도 빠지지 않고 넣으신 그 예금은 재산이 아니라 아버지의 묵직한 마음이었다. 아버지가 나에게 주신 유일한 유산이었지만, 나에게는 140억 원 이상의 가치였기에 나는 그 통장의 돈을 찾아 고향 집을 짓기 위한 땅값의 맨 처음 계약금의 일부로 사용했다.

요즘 세대의 기준대로 규정한다면 나는 분명 가난을 물고 태어난 흙수저이다. 그래서 비록 부모님으로부터 제대로 된 물질적 유산은 물려받지 못했지만, 부모님의 삶에서 나는 귀하고 귀한 유산 그 이상의 값진 유산을 물려받았기에 그저 고마울 따름이다. 고향 집을 짓고 입주하던 날 돌아가신 아버지께 나도 덕수의 독백을 해 보았다. "아부지 내 약속 잘 지켰지예? 이만하면 잘 살았지예? 근데 내 진짜 힘들었거든예?" 환갑의 아들은 너무 일찍 돌아가신 아버지가 정말 눈물 나게 많이 그립다.

아버지의 바다

바람 없는 바다에선 한 발자욱도 앞으로 나갈 수 없고
파도 치는 바다에선 발조차 담그기가 힘들다
숨을 길게 쉬고 때를 기다리며 파도를 탈 준비가 될 때
비로소 기회의 바다에서 원하는 것을 얻는다
내 아버지가 청춘을 바친 바다가 나에게 말했다

아버지의 배

한평생 산 바다는 생존의 파도로 밀려왔다
잔잔한 고마운 파도도 집채만 한 감당 못 할 파도도
넘어야 할 숙명과 운명의 너울이었다
만선의 희열과 빈 배의 절망의 반복되는 고달픔을
바다에서 육지에서 건져 올리신 아버지의
비린내 나는 작업복은 처절한 전투복이었다
후회의 미련은 파도처럼 서러움으로 밀려온다

아버지의 나무

평생을 움직이지 못하고 사는 고목나무라 해서
싱그러움으로 채워졌던 그날이 없었던 것은 아니다
몸을 떠나간 가지와 잎들은 그리움이 만든 것이다
잎을 짜며 열매를 생각했고 열매를 주면 씨앗을 생각했다
내가 잎을 피울 수 없으니 넝쿨에 몸을 빌려 주기로 했다
고목은 그렇게 또 다른 내일을 기약하기로 했다

어머니의 부엌

아무리 용돈을 드려도 그 돈을 다 쓰시지 못하신다
아무리 따뜻하게 사시라 해도 전기세 무서워 냉골에 사신다
시대 잘 만난 덕에 조금 배불러진 아들은 이해하지 못한다
스물셋에 칠 남매의 맏이에게 시집오신 죄로
부족함의 인이 박혀 풍족함을 모르고 사신 어머니
그나마 그 시절 부엌의 따스함이 유일한 위로였으리라

아라이 에이치의 노래 '청하로 가는 길'은

단순한 노래가 아니라,

국가가 지켜 주지 못했고

나라가 책임져 주지 못했던

아버지의 억울한 삶에 대한 한풀이에 가깝다.

고향과 아버지 그리고 청하로 가는 길

일본의 한국계 학교인 교토국제고가 22년 만에 일본 갑자원 야구대회 본선에 진출하여 마운드에서 우렁차게 불렀던 한국어 교가 때문에 감정에 북받쳐 울컥한 적이 있다. 야구부를 둔 일본 고등학교는 3,940곳이며 이 중 32개교가 본선에 올랐고 교토국제고는 4강까지 올라갔다. 그리고 아깝게 준결승전에서 고배를 마시기는 했지만, 전교생 131명에 불과하고 남학생 수가 절반인 교토국제고가 만든 기적은 정말 엄청나게 대단한 일이다. 교토국제고의 교가 1절은 '동해바다 건너서 야마토 땅은 거룩한 우리 조상 옛날 꿈자리'로 시작한다. 4절에는 '힘차게 일어나라 대한의 자손'이라는 구절도 있다. 모진 세월 억압과 차별 속에서도 한국인의 긍지와 자부심을 버리지 않고 자식 대까지 이어 온 400만 재일교포들의 강인한 민족적 저력에 저절로 고개가 숙여지는 숙연함으로 존경의 마음을 보냈다.

재일교포의 뿌리는 암울했던 일제강점기 초기에 일본의 가혹한 경제수탈로 생활의 터전을 박탈당하고 생계를 위해 건너간 한국인들, 그리고 일제에 징용된 200만여 명 중에 여러 가지 사유로 귀국하지 못하고 잔류한 60만여 명의 사람들이다. 이들은 광복 이후 일본인들과 동일하게 세금을 내면서도 76년이나 지난 지금까지도 취업, 진학 등에서 민족적 차별과 불이익을 받고 있다. 불행하게도 이러한 차별이 교포 2세와 3세에게 유산으로 물려지고 있는 상황이니, 한국인으로 태어난 처지가 원망스럽기도 할 것이다.

우리가 익히 경험한 일본인들의 사회적 인식구조로 볼 때나 국민적 양심으로 볼 때나, 차별 문제가 해소될 전망은 거의 없다고 볼 수 있다. 일본인들과 동일한 권리와 대우를 받으려면 일본인으로 귀화할 수밖에 없는 상황이다. 그 차별과 멸시를 이기고 일본 갑자원의 야구장에서 본선에 진출하여 한국어 교가를 자랑스럽게 부르고 있는 교포 3세들의 의젓한 모습이 초라한 애국심으로 사는 나에게 선사한 감동에 몇 번이고 교토국제고의 교가를 반복해서 들으며 미안해했다.

1995년 일본 레코드대상을 수상하고 미국 카네기홀 초청공연까지 했던 아라이 에이치라는 일본 가수가 있다. 스스로 코리안 재패니스라 부르는 아라이 에이치는 강제징용으로 일본에 끌려간 아버지와 재일 조선인 사이에서 태어난 한국계 일본인이다. 조센징이라는 멸시와 천대 속에서 자란 아라이 에이치는 가수로 성공하고 난 후 1995년 일본어로 된 '청하로 가는 길'이라는 음반을 발표했는데 그 노래는 첫 소절 '한 많은 이 세상 야속한 님아'로 시작하여 끝 소절 '아버지의 나라가 멀어져 간다'로 마무리한다. 아라이 에이치의 노래 '청하로 가는 길'은 단순한 노래가 아니라, 국가가 지켜 주지 못했고 나라가 책임져 주지 못했던 아버지의 억울한 삶에 대한 한풀이에 가깝다. 1986년 그가 아버지의 고향인 경북 포항 청하면에 있는 아버지의 집을 찾아가는 것으로 시작하여 그 길에서 만난 한국 사람들 이야기가 주를 이루다가, 멸시받던 어린 시절, 고생하며 가수의 꿈을 키우던 청년 시절, 그리고 아버지가 징용으로 끌려갔던 그 원한의 뱃길 부산에서 일본으로 돌아가는 뱃길로 끝이 난다. 그의 한국 이름은 김영일이고 나의 모교인 청하중학교 교정엔 그의 노래비가 세워져 있다.

사람마다 처지와 가족사에 따라 고향과 부모님에 대한 애잔한 감정이 차이는 있겠지만, 숙명적이고 운명적인 이 두 단어가 우리를 또 한번 생각하게 하는 지점임은 분명해 보인다. 나는 우리들에게 만만치 않은 감동을 선사한 교토국제고 야구부 아이들을 초대해 그들의 아버지의 아버지가 그리도 가고 싶어 했던, 고향 가는 길을 걷게 해 주고 싶다.

길

사람이 떠나는 이유는
꼭 갈 곳이 있어서만은 아니다
남을 이유가 없거나
반기는 사람이 없기 때문이다
모두가 그런 이유로 떠나간다
그렇게 길을 떠나는 이들은
나를 중독된 과거로 데려다 준다

추억의 뜨락에서

대웅전 마당을 뒷짐 지고 걸었는데
겹겹이 싸인 담장돌이 나를 기다리고 있었다
저마다 사연 있는 돌들이
하나의 선을 이루고 벽을 이루었다
속을 헤집어 볼 수는 없지만
내 속에도 만만치 않은 영겁의 돌들이 있으니
하나의 인연으로 나는 담장에 기댄다

능소화

능소화는 담장을 만나야 예쁘다
옛날 토담이라도 좋고
콘크리트 담이어도 마다할 이유가 없다
만나기 싫고 보기 싫어 쌓은 이기심의 담장에 피는 능소화에게
담은 넘어야 하는 벽이 아니다
거칠 것 없이 놀다 가는 그저 놀이터이다

믿음의 힘

겨우내 눈치를 보며 숨죽여 기다린 것은
곧 내 세상이 올 것을 아는 믿음 때문이다
나를 흔드는 바람이 미워도 내 몸을 맡기는 것은
곧 바람은 내 곁을 떠날 것을 아는 믿음 때문이다
어차피 뿌리는 내가 내렸고 내가 이 땅의 주인이니
주인은 지나가는 나그네가 가련할 뿐이다

제5장

운명을 내 마음대로 바꿀 방법은 없다.
하지만 그 안에 무엇을 채울지는 의지에 달려 있다.
세상에 대한 온갖 불평과 불만으로 인생을 채울지
긍정의 에너지로 채울 것일지만 선택하면 된다.
태어날 나라와 부모를 선택할 방법은 없다.
그러나 누구를 만나 어떤 가정을 꾸밀지는 나의 의지다.
혹할 듯한 외모와 겉으로 감싸진 허영을 만날지
충실함으로 채워진 사람을 만날 것인지만 선택하면 된다.
내 인생의 봄날에 어울리는 사람 말이다.

고단한 인생의
흔들리는 불빛으로

지금 내가 나의 인생을 되돌아보았을 때

제대로 살았던 순간은

열심히 일한 순간이 아니라

사랑하는 마음으로 살았던 순간뿐이라는 생각이 든다.

천년을 기다린 사랑

인생의 긴 여정에서 보면, 결혼은 싱그러운 행복이 꽃피는 봄이다. 한 번은 지인의 결혼식에 갔다. 평생 가약을 약속하는 엄숙하고 성스러운 결혼식이 기계적이고 형식적인 것을 넘어 신랑 친구들의 도를 넘은 이벤트로 결혼식의 의미가 망가지는 장면을 보고 적지 않은 문화적 충격을 받았다. 보수적인 교육을 받은 중년의 시각에서 보면, 이 정도면 축복이 아니라 훼방이라는 생각이 들었다. 결혼식이 지나치게 무겁거나 심오할 필요는 없지만 결혼이 가지고 있는 거룩한 가치를 스스로 퇴색시키는 근본 없는 행위는 더더욱 안 된다는 생각에, 나는 주례를 보아도 시원치 않을 오십 대 중반의 나이에 친구의 결혼식도 아닌 친구 딸의 결혼식에 축가를 불러 준 적이 있다. 비록 잘 부르는 노래는 아니지만 신부의 아버지 친구들이 불러 주는 축가의 의미는 색다를 것이라며 이벤트 기획자 출신인 내가 제의를 했고, 세 명의 친구들이 좋은 생각이라며 동의를 해 실행에 옮기게 되었다. 좋은 결혼식 이후 두고두고 회자가 될 정도로 반응이 좋았다.

남녀가 살다 보면 수없이 많은 인연들과 만나고 헤어지기를 반복하다 마침내 운명적인 사랑을 만나게 되고, 천년을 기다린 듯 뜨거운 마음으로 결혼을 한다. 지금의 기준으로 보면 자신의 의지와는 관계없이 어른들이 정해진 배필과 얼굴도 모른 채 초야를 보내고 평생을 부부로 살았던 옛날의 결혼은 미개한 풍습처럼 여겨질 만큼, 세대의 가치관은 하루가 다르게 자기중심의 가치로 이동한다. 자신의 운명을 타인에게 맡긴다는 것 자체가 말이 안 되는 것이기에 당연한 일이다.

어느 날 심심하고 궁금한 마음에 집사람에게 다시 태어나도 나와 결혼하겠느냐고 조심스럽게 물어보았다. 그러자 집사람은 웃으면서 "무슨 말씀, 다른 남자와 살 기회를 왜 놓치느냐. 당신은 그러겠냐?"라고 대답하며 그럼 당신은 어쩌겠냐고 오히려 나에게 공을 던졌다. 웃는 얼굴로 자객을 맞이한 기분으로 자존심이 약간 상한 나는 "미투"라고 답해 버린다. 서로가 웃자고 한 이야기이고 보기엔 솔직할 수도 있지만 약간은 서로가 섭섭하다. 내가 주변에서 들은 결혼에 대한 평가들은 긍정보다는 부정이, 고마움보다는 섭섭함으로 채워진, 그저 지나온 세월의 묵은 정으로 산다는 사람들이 의외로 많다. 물론 말들이야 그렇게 하지만 수십 년을 함께 살았는데 어찌 애잔함과 고마움이 없겠으며 애틋함과 감사함이 없을까마는 그저 아쉬움과 원망에 나의 마음을 알아 달라는 푸념을 하고 싶은 것이기에 서로 모를 리 없는데 알량한 자존심이 서로를 힘들게 한다.

부부싸움은 칼로 물 베기라고 하지만, 서로에게 상처 주기가 반복되면 물살이 거세지고 칼날이 망가져 돌이킬 수 없는 상황에 직면할 수도 있다. 나는 나이가 들어 갈수록, 내가 하고 싶은 이야기보다는 아내가 듣고 싶은 이야기를 해 준다. 그것이 결혼 25년의 내공이고 그래야 집안이 편하다. 어느 날 내 인생에 운명처럼 들어와 숙명처럼 나를 감싸 주는 사람을 '천년을 기다린 사랑'으로 생각하는 자기 확신과 운명에 대한 연민의 지혜가 노년의 행복을 보장하는 비결이요, 지혜로운 비책이다.

이제 결혼 25년 차인 나의 경험에서 비추어 본다면 결혼의 또 다른 이름은 운명이고 사랑의 또 다른 이름은 배려라고 생각한다. 서로 다른 문화와 환경에서 만난 두 사람이 차이를 극복하고 사랑이라는 이름으로 하나의 온전한 가정을 이루려면 서로의 입장에 대해 이해하고 생각해 주는 배려의 마음이 절대적으로 필요하다. 지금 내가 나의 인생을 되돌아보았을 때 제대로 살았던 순간은 열심히 일한 순간이 아니라 천년의 사랑을 만나 진심으로 사랑하는 마음으로 살았던 순간뿐이라는 생각이 든다.

유혹

침을 고이게 하는 지독한 싱그러움은
보는 것만으로도 사람을 행복하게 한다
하얀 딸기 꽃에 짙은 향의 붉은 열매가 맺히면
그대를 그리워하던 이들이 딸기라 불렀다
그대를 만난 싱그러움의 계절은
유혹으로 시작되고 상큼함으로 머문다

커피 이야기

커피가 키스처럼 감미로운 날이 있다
커피 향이 슬픈 음악보다 애절한 날이 있다
커피 잔이 오랜 친구보다 따뜻한 날이 있다
악마의 유혹 같은 강렬함에 빠져버린 오늘이
쓰고 달콤한 인생을 마시는 날이다

카페의 여유

한적한 시골길에
운치가 있는 카페에서 낯선 여유를 만났다
주인장의 감각적인 애살이 누군가에게는 추억을
누군가에게는 힐링을 준다
좋은 풍경을 보면 꼭 데려오고 싶은 이가 있다
그것이 가족이다

다육이의 삶 2

여린 가지에 탱탱함을 달고 사는 나의 이름은 다육이다
잡초도 아니지만 꽃도 아니다, 그냥 다육이다
사막이나 산꼭대기에서나 척박한 환경에서도
거룩한 생존을 위해 저장이라는 지혜를 달고 산다
예쁘다 하여 물을 자주 주면 잎이 떨어지고 뿌리가 썩는다
이 작은 풀뿌리에도 자연은 이치를 담고 산다

늘 옆에 있어도 불안하고 허전한 것이 사랑이고,
그래서 사랑은 더 절실한 것이다.
사랑과 결혼은
신이 인간에게 준 재앙이자 축복이다.

결혼은 재앙이자 축복이다

어느 금슬 좋은 노부부의 회혼회 자리에서 있었던 이야기다. 말이 결혼 60주년이지 결코 쉬운 일이 아니기에 자식들이 정성스럽게 축하의 자리를 마련했고, 많은 하객들이 찾아와 진심으로 축하해 주며 부러워했다. 그때 누군가가 할아버지께 물었다. "두 분이 서로 사랑하며 행복하게 살아오신 60년의 그 비결이 무엇인가요?" 할아버지는 기다렸다는 듯 자랑스레 말씀하셨다. "우리 부부가 결혼하던 첫날밤에 내가 새색시에게 이렇게 말했지. 우리가 앞으로 살아가는 동안 내가 화가 날 때는 당신이 잠시 밖에 나가 있고, 당신이 화가 날 때는 내가 잠시 밖에 나가 있기로 약속합시다." 그 약속을 변함없이 60년을 지켜왔다는 것이다. 다시 할아버지께 물었단다. "그러면 할아버지는 평생 동안 몇 번이나 밖에 나가셨습니까?" 할아버지는 대여섯 번은 족히 될 거라고 웃으면서 말씀하셨고, 이내 옆에 계시던 할머니에도 똑같은 질문을 했다. 주위의 시선은 할머니에게로 집중되었고, 잠시 머뭇거리던 할머니는 작심하신 듯 이렇게 말씀하셨다. "나는 30년은 밖에 나가 있었던 것 같아." 회한이 서린 할머니의 대답에 모두가 배를 잡고 웃었다.

내가 아는 또 다른 어느 부부는 어느 날 부부싸움 끝에 화가 머리끝까지 오른 부인이 "당신 같은 남자를 만난 것이 내 인생의 최대의 실수였다"라며 남편에게 대들었고, 듣고 있던 남편은 "왜 너만 힘든 것 같냐? 한평생을 너랑 사는 불쌍하고 억울한 나도 있다." 이쯤 되면 정말 지독한 악연이다. 이렇게 결혼생활을 바라보는 남자와 여자의 생각은 화성과 목성같이 전혀 다른 것 같다.

10월은 결혼의 계절이다. 예식장마다 길일마다 혼사가 넘쳐나고 설레는 마음으로 결혼식을 준비하는 예비 신랑 신부들은 설레임과 두려움을 동시에 만난다. 사랑에 빠지면 운명이다 싶어 앞뒤 가리지 않고 사랑에 눈이 멀어 이 사람이 운명의 사람이다 싶어서 결혼을 한다. 평생을 함께 살기로 한 사랑하는 연인들도 결혼식을 준비하다 보면 서로에 대해 실망하고 다투기도 하고, 심할 경우 파혼까지 이르는 경우도 있다. 결혼식의 준비라는 과정은 설레고 달콤하지만 이십 년 이상 서로 다른 환경에서 살아온 문화와 가치관이 현실이라는 이름으로 부딪히는 검증의 선에 서 있는 것이다. 사랑이 지독한 현실을 만날 때 우리는 다시 한번 사랑의 본질을 심각하게 고민하게 되지만, 서로의 민낯이 드러나는 이때를 슬기롭게 헤쳐 나가지 못하면 평생 아픈 상처로 남기도 한다.

만나고 헤어지기를 반복하며 아무리 상처만 남은 지독한 사랑을 했어도, 새로운 사랑을 만나면 지난 상처는 잊어버리고 또다시 대책 없이 사랑에 덜컥 빠져 버린다. 평생을 같이 하자던 굳은 약속 나누던 연인들도 몇 달 만에 헤어지고, 그대 없으면 죽겠다던 사람들은 지금 또 다른 사랑과 팔짱을 끼고 버젓이 살아 있다. 나도 그렇다. 누구나 경험했고 누구나 경험할 일이기 때문이다. 아무리 생각해도 사랑에는 정답이 없다.

아무리 가슴 두근거리던 근사한 사랑도 시간이 지나면 시들기 마련이고, 넉넉한 마음으로 서로 배려하던 아름다운 마음도 줄어들기 마련이다. 늘 옆에 있어도 불안하고 허전한 것이 사랑이고 그래서 더 절실한 것이기에 온전한 사랑의 완성을 위해 결혼을 하지만, 결혼은 신이 인간에게 준 재앙이자 축복이다. 재앙을 택할 것인가 축복을 택할 것인가 하는 선택의 자유와 함께 책임의 무거운 질고는 나약한 인간의 몫으로 남겨졌다.

혼례청

명륜당 넓은 마당에 목단병풍 펼쳐지니
백년가약의 초례청이 차려지고 비단옷 기러기가 길을 연다
금슬로 청실홍실 엮어서 대청마루 청사초롱 불 밝히니
이제야 하늘이 정한 인연이 천년을 기다려 만났구나
인생에 가장 행복한 날 그대들 좋은 꿈만 꾸시게나

224

사랑의 열매

알알이 맺힌 싱그러움에
우리는 어쩔 줄 몰랐다
마디마다 맺힌 탐스러움에
우리는 탄성을 질렀다
모질고 추운 겨울바람에
봄날 햇살에 두 손 모아 빌었기에
그해 봄은 행복이 영글었네

결혼의 의미

처음에 여자는 이상으로 남자를 선택하고
처음에 남자는 속셈으로 사랑을 만난다
그러나 시간이 지나 만남을 되돌아보면
함께 행복했던 순간은 사랑하는 마음으로 살았던
그 순간뿐임을 알 때 비로소 결혼을 생각하게 된다
결혼은 사랑을 신성하게 하는 길이다

피노키오

사랑 참 거짓말처럼 힘들다. 내 마음대로 안 돼서
사랑 거짓말처럼 모질다. 내 마음을 몰라줘서
사랑 거짓말처럼 외롭다. 내 마음에 구멍이 나서
사랑 거짓말처럼 힘들다. 내 마음이 아파서

나라 꼬라지를 이렇게 만든 사람들은 정치인들인데
애꿎은 국민들이 볼모가 되어 대리전을 치른다.
모두들 순진하게 너무 정치에 매몰되지 말아야 한다.
아니, 진영논리에 빠지지 말아야 한다.

분노의 정치

2022년 대선은 차악의 후보를 대통령으로 선택할 수밖에 없는 구도로, 역대 최악의 선거라는 씁쓸한 평가와 무거운 숙제를 남긴 채 끝이 났다. 역대 이런 선거는 없었다. 유력 후보들의 비호감도가 50%를 넘고, 극심하게 갈린 이념의 좀비들은 분노와 저주의 정치판에서 역사상 가장 지저분하고 부끄러운 선거의 부역자들이 되었다. 목숨 걸고 덤비는 홍위병들이 SNS를 점령하여 연일 저마다의 진영에서 생산한, 저급하고 입에 올리기조차 민망하고 희한한 글들로 도배한다. 그래서 나는 가급적 SNS에서는 정치 이야기를 안 한다. 이미 보수와 진보로 편이 갈린 치명적인 늪에 빠져 있기에, 정치적 견해를 이야기하는 순간 그 반대편에 해당하는 진영에 가담한 페이스북 친구들을 잃는다. 눈에 보이는 것이 다가 아니다. 특히 정치가 그렇다. 정치인은 자신도 속이고, 거짓말도 하다 보면 진실이 된다고 믿는 사람들이다. 그들을 쫓아가다 보면, 그들에게 나는 국민이 아닌 진영의 도구이고 그들의 핑곗거리임을 언젠가는 알게 된다. 지금의 정치는 사생결단과 이전투구의 전장이다. 끼리끼리 하나 되어 믿고 싶은 것만 믿자는 선택적 정의로 귀하게 포장했다.

나라 꼴을 이렇게 만든 사람들은 정치인들인데 애꿎은 국민들이 볼모가 되어 대리전을 치른다. 모두들 순진하게 너무 정치에 매몰되지 말아야 한다. 아니, 진영논리에 빠지지 말아야 한다. 그들이 만든 프레임으로 따지면 대한민국 국민의 절반은 적폐이며 없어져야 할 사람들이다. 이게 절반은 죽어야 하는 서글픈 '오징어게임'이다. 시간이 지나 진실의 시간이 도래하였을 때 우리 스스로 부끄러움의 도구가 되지 말았으면 한다. 국민들이 허락하지 않는 권력은 폭력이며, 따르기를 강요하는 권력은 무력이듯, 우리는 우리의 생각을 타인에게 강요하는 것을 삼가야 한다.

"선동은 문장 한 줄로도 가능하지만 반박하려면 수십 장의 문서와 증거가 필요하다. 그때는 이미 대중은 선동되어 있다"라고 나치의 선전부장 파울 요세프 괴벨스는 이야기했다. 마치 자신의 기만행위를 고도의 정치기술인 양 포장했는데, 지금 대한민국은 수많은 괴벨스의 환생을 보고 있다. 2022년 대한민국의 정치인들은 국민들을 보수와 진보로 갈라 분노와 분열과 반목의 전장에서 서로 처절하게 싸우게 했다. 진실과 정의는 중요하지 않았다. 그저 우리 편이 이기기만 하면 되고, 분열의 정치는 정치적 기반을 공고히 하는 영토의 확장과도 같은 것이다. 이런 망가진 나라가 슬프다.

한때는 민주화를 주도했지만 지금은 시대와 야합해 버린 생계형 좌파는 눈앞의 이익이 있으면 놓치지 않는다. 처음에는 먹고살기 위해 불가피한 것이었을지 몰라도 웬만큼 먹고살게 된 다음에도 관성처럼 수단과 방법을 가리지 않고 더 얻기를 추구한다. 그래서 '내로남불'의 조롱을 감수해야 했다. 한때는 산업화를 주도했지만 지금은 기득권의 철옹성을 쌓은 수구형 우파는 자신의 이익을 결코 내놓으려 하지 않는다. 처음에는 먹고살기 힘들었지만 피눈물을 일구며 소중히 일군 자산이 큰 죄인 양 과세의 대상으로만 삼고 고혈을 짜내는 것 같아 억울하고 분하니 내 밥그릇은 철통같이 지키고 싶다. 그래서 '수구꼴통'이라는 면박을 받아야 했다.

정치꾼은 다음 선거를 걱정하고 정치인은 다음 세대를 생각한다. 그러나 지금의 대한민국에서는 정치꾼들이 진영이라는 진지를 장악하고 있다. 정치인의 언어는 맥락으로 이해되는 것이 아니라 필요한 전술에 따라 가공되기에 우리는 무엇이 중요한지도 모른 채 현혹되고 있다. 2022년 대한민국에 산다는 것이 참으로 힘들다. "정치와 사랑은 더 사랑하는 사람이 지는 게임이다"라던, 한 드라마의 명대사가 문득 기억이 난다.

억압의 끝

지독하게 매인 운명은 절대 벗어나지 못한다
아니, 벗어나면 불행해지는 업보가 있다
항상 마주 보면서도 결국은 만나지 못하고
철길 위엔 기차만이 무심코 지나다닌다
결국 기차를 위해 영원히 만나지 못함을 알 때
이미 고정된 운명 앞에 녹만 더해간다

겨울연가

학창 시절엔 봄이 좋았고 청년 시절엔 여름이 좋았다
중년엔 가을이 좋았으니 노년엔 겨울이 좋아야 할 텐데
차갑고 시린 겨울은 씩씩하게 쳐들어온다
겨울이 지나야 봄이 오고 여름과 가을을 만난다
인생에는 좋은 것을 얻기 위해 감내해야 하는 옵션이 있다

이슬

아카시아 잎에서 춤추는 영롱한 빗방울은
보석보다 아름답게 욕심으로 가려진 내 눈을 열게 한다
후두둑 비가 내릴 적마다 잠시 머물게 할 뿐
몇 방울만 두고 이내 바닥으로 미련 없이 떨어뜨린다
그마저도 해 뜨면 하늘로 보내 버리는 아카시아는
내려놓아야 채워지는 품격 있는 사랑의 의미를 안다

솔향기

솔향기 짙은 산골 마을엔 질곡의 삶을 살다
세상을 등진 이의 처연하고 박복한 고독이 산다
세상도 그를 버리고 운명 또한 그를 외면했을 때도
변함없는 푸르름으로 그의 해진 가슴을 치유했다
그대 자연으로 돌아가라 그때 본전은 찾으리니

하얀 종이처럼 세상의 모든 것들을

담을 준비가 되어 있는

아이들의 선한 눈동자를 통해

오히려 내가 많은 것들을 배운

내 인생에 가장 의미 있는 시간들이었다.

아이들은 꽃으로도 때리지 마라

어릴 적부터 아이들을 유독 좋아했던 나는 청년 시절을 어린이들과 함께 캠프 지도자로 보냈다. 캠프장에서 추장 놀이와 캠프파이어를 하며 천진한 아이들과 함께 보낸, 행복했던 아름다운 시절의 추억은 육십을 맞아 두 아이의 할아버지가 된 지금도 아련한 그리움으로 남아 있다. 딱히 거룩한 사명감과 심오한 교육철학은 없었지만, 순수하고 티없이 맑은 아이들과 함께하는 시간들이 정말 좋았다. 하얀 종이처럼 세상의 모든 것들을 담을 준비가 되어 있는 아이들의 선한 눈동자를 통해 오히려 내가 많은 것들을 배운, 내 인생에 가장 의미 있는 시간들이었다. 한번은 한껏 들뜬 아이들을 태우고 캠프장으로 이동하던 버스 안에서 아이 하나가 얼굴이 하얗게 변하더니 준비할 틈도 없이 토하기 시작했다. 그 순간 옆자리에 앉아 있던 유치원 선생님이 얼른 손으로 그 찝찝한 것을 받아 냈고 이내 아무 일도 없었던 것처럼 겁먹은 아이를 진정시키고 이내 무릎 위에서 눕혀 재웠다. 또 한번은 캠프장에서 갑자기 고열이 찾아와 쉽게 잠을 이루지 못하고 우는 아이들을 들쳐 업고 아이가 아픈 모습에 자기도 마음이 아파 함께 훌쩍이던 유치원 선생님의 모습을 선명하게 기억한다. 청년 시절 내가 본 천사의 모습이었고 내가 기억하는 보육 선생님들의 진실된 모습이었다.

그런데 세월이 이렇게 야속하게 변했는가? 사람들이 이렇게 아프게 변했는가? 요즘 심심치 않게 터져 나오는 보육교사들의 믿지 못할 아동학대 사건이 우리를 전율케 한다. 아이들은 꽃으로도 때리지 말아야 한다. 아이들을 진심으로 사랑하는 소명감으로 보육교사라는 자리를 택한 것이 아니라 돈벌이를 충족하게 하는 직업 정도로만 생각한 함량 미달의 일부 보육교사들이 일으킨 몇몇 사건으로 정신적 충격을 받은 온 국민들과 아이들을 보육시설에 보내는 부모님들은 물론이고, 최고의 피해자는 졸지에 잠재적 범죄자가 되어 버린 25만여 보육교사들이다. 당장 아파트 입구에서 아이들을 셔틀버스에 태워 보육시설로 보내는 부모님들의 의심스러운 눈동자를 바로 볼 자신이 없고, 그 어색한 분위기를 올려다보는 아이들의 표정이 견디기 힘들게 한다. 믿기지 않는 현실에 그동안 열악한 근무환경에도 그저 아이들이 좋아서 묵묵히 참고 견뎌 왔던 시간들이 허무하다 못해 보육교사나 유치원 선생님의 자리를 놓아 버리고 싶을 것이다. 10여 년을 유치원 아이들과 함께 캠프장에서 청년 시절을 보내며 열악한 환경 속에서도 순수한 열정과 사명감으로 아이들을 진심으로 사랑하던 수많은 유치원 선생님들을 경험해 본 나는 속이 따갑다.

전문가는 아주 간단한 것을 아주 복잡하게 말하는 사람이고, 교사란 아주 복잡한 것을 아주 간단하게 설명해 주는 사람이며, 아이들은 세상을 담을 빈 그릇이고, 교사는 채워 주는 사람이다. 예측불허의 작은 우주를 소유한 아이들을 만나려면 천의 얼굴이 필요하다. 그런 교사들에게 아이들을 진심으로 사랑하라고 이야기하지만, 결코 쉬운 일은 아니다. 세상에 귀하지 않은 아이들이 어디 있을까? 핵가족 중심의 시대에 접어들어 아이들이 귀하다 보니 과보호는 통제 불능의 아이들을 만들고, 일부 부모들이 망쳐 놓은 아이들의 나쁜 습관과 비뚤어진 인성은 그대로 유치원으로 묻어 온다.

그런 아이들을 차별하지 않고 그 모두를 인내로 감수하고 사랑으로 안아야 하는 유치원 교사라는 직업은 극한직업이고 그 길을 걷고 있는 선생님들은 참으로 위대하다. 청년 시절 그 수선화 같던 맑고 향기로운 선생님들이 보고 싶다.

우주

코스모스는 하늘거리며 하늘을 바라본다
대우주의 신비가 행성의 별처럼 꽃잎에 내려앉는다
누구인가, 사람 없는 삭풍 광야에 씨 뿌리던 용감한 이가
눈에 보이는 것이 모두 진실은 아니니
스쳐 지나가며 홀씨 옮긴 바람이여, 서운타 마라

반복의 여정

바다는 무슨 생각을 하고 있을까
가늠하기 쉽지 않은 저 바다의 끝에는
거대한 심장이 붙어 있는지도 모른다
쉴 틈 없이 밀어내는 심장의 박동은 파도가 되어
끝도 없이 수천 년을 이어 오고 있다
놀랍다 그 거룩한 반복의 여정이

들꽃

돌 사이를 비집고 자리를 잡는다
버려짐의 혹독함은 나에겐 행운이었고
던져짐의 잔인함은 나의 뿌리를 뻗게 했다
살펴 주는 손길도 챙겨 주는 눈길도 없다
그럼에도 불구하고 나는 활짝 핀다
관심받을 일이 없으니 신경 쓸 일도 없다
나는 그저 나의 색으로 피면 된다

보리밭 사잇길로

어릴 적 초겨울이면 파란 보리밭엔 하얀 눈이 내렸고
우리는 얼지 말라며 보리를 밟으러 다녔다
얼어붙은 하얀 동토에 파란 싹을 입힌 것은 보리였다
보릿고개도 없어지고 쌀밥만 먹는 지금은
볼래야 볼 수 없는 초겨울 푸른 보리밭은
뉘 부르는 소리 있어 뒤돌아보고 싶은 추억 속에 있다

철저한 이방인이었던 나를

스스로 자부심과 긍지로 부산 사람이 되게 했던

문화적 사건인 부산국제영화제는

나에게 또 다른 의미로 다가온다.

부산국제영화제의 추억

지금으로부터 20여 년 전으로 돌아간다. 어느 날 나에게 행운이 찾아왔다. 대학교수로 있는 선배의 요청을 받고, 나는 영화제가 무엇인지도 모르는 무식함을 안고 그 이름도 생소한 부산국제영화제에 개폐막식 총연출가로 합류하는 기회를 얻었다. 신기하게도 영화를 사랑하고 좋아하니 무보수로 봉사하겠다는 청년들이 구름처럼 몰려들었다. 그렇게 지원한 자원봉사자들은 통역, 번역, 안내 등의 일은 물론 무거운 필름을 수송하고 잡스러운 일까지 도맡아 하면서도 누구 하나 불평하는 사람들이 없었다. 대부분 영화와 부산을 사랑하는 20대들로, 정말 멋있는 청춘의 한 페이지를 채워 가고 있었고 첫해니만큼 완벽한 매뉴얼이 없었지만 모두들 배우면서 스스로 매뉴얼을 만들었다.

길이 없는 곳에서 스스로 길이 된 것이다. 모든 것이 처음이니 시행착오도 만만치 않았지만, 문화도시 부산의 새로운 지평을 연다는 사명감으로 동분서주했다. 개막을 며칠 앞두고 스위스에서 대형 야외스크린이 수영만에 도착했고, 조립이 완성된 순간 우리는 그 규모에 스스로

놀랐다. 영화제 기간 동안에 남포동 PIFF광장을 시민들에게 돌려준다는 취지에서 계획을 세웠지만 상인들의 저항은 상상을 초월했다. 부산시는 일 년 내내 노점상을 단속하겠다는 압박카드와 함께 애향심에 호소하는 양동 전략으로 상인들을 설득했고 영화제 개막 2일 전 마침내 PIFF광장이 거짓말처럼 비워졌다.

우여곡절 끝에 1996년 9월 13일 수영요트경기장에 레드카펫이 깔렸고 스크린에서만 보던 영화배우들이 줄지어 입장했다. 수천 발의 불꽃이 수영만을 뒤덮었고 마이클 리의 '비밀과 거짓말'이 개막작으로 상영되었다. 많은 시민들은 부산항 개항 이래 처음 벌어진 초유의 이벤트에 환호했고, PIFF광장을 가득 메운 영화팬들은 행복한 영화의 바다에 풍덩 빠졌다. 그때만 해도 부산은 문화의 불모지라는 오명을 쓰고 있었는데, 그 초라하고 남루한 오명 위에 찬란한 여명이 비치는 가슴 벅찬 역사의 현장에 내가 있었음은 분명 행운이었다. 그로부터 20여 년이 흘렀고 부산국제영화제는 부산의 문화적 자긍심을 넘어 소중한 문화적 자산이 되었다.

시작은 몇몇의 영화인들이 했지만, 수만 명 자원봉사자들의 헌신과 부산시민 모두의 배려와 관심이 오늘의 부산국제영화제를 만들었다. 그러나 뒤늦은 성장통일까? 20년을 맞이하는 부산국제영화제에서 세월호 사건을 다룬 '다이빙벨'이라는 다큐멘터리 영화 상영이 발단이 되어 문화적이지 못하고 초라한 이념적 진영 대리전이 영화제를 망쳐 버렸다. 20년간 추억과 행복으로 고이 간직해 온 첫사랑의 아름다운 여인이

파경을 맞이했다는 소식을 접한 것처럼 마음 한 켠이 아려 왔다. 결국 비판적인 여론에 등 떠밀려 부산시와 영화제 조직위 간의 갈등은 봉합이 되었지만, 부산국제영화제의 진정성에 깊고 아픈 상처로 남아 아물기가 쉽지 않을 것 같다.

나는 아버지가 자식들의 교육을 위해 택한 결정으로 고등학교 2학년 때에 포항을 떠나 부산으로 이사를 왔다. 부산은 나를 성장시킨 제2의 고향이며 내가 부산에 오지 않았더라면 만나지 못했을 그 소중한 사람들이 나의 인생에 운명처럼 자리 잡았다. 이 아름답고 정겨운 도시에서 젊은 날의 뜨거운 열정을 쏟아내던 거리들과, 수많은 사람들과 함께 만들어냈던 드라마 같은 이야기들은 나를 운명과 숙명의 사이에서 머물게 한다. 도시농부로 살고 있는 지금은 일주일의 반은 부산에 살고, 일주일의 반은 경북 포항의 작은 마을에 산다. 롯데와 삼성이 만나면 롯데를 응원하고, 삼성이 다른 팀과 붙으면 삼성을 응원하는 나는 두 개의 고향을 가지고 사는 행복한 사람이다.

송정바다

겹겹이 싸인 구름 사이로
수평선 끝으로 서광이 비친다
새벽 바다를 건진 어부의 마음엔
주신 만큼의 감사함이 쌓인다
내일은 또 다른 모습으로
해는 뜨지만 바다는 괘념치 않는다
수천 년을 이어온 익숙한 반복은
순리라는 이름으로 기억된다

마천루

호사 찬란한 황홀한 도시에서 산다는 것
그것은 끊임없는 상실과 박탈감의 허무를 안고 산다는 것
채워도 채워도 끝이 없는 욕심은 하늘을 찌르고
미지를 향한 끊임없는 욕망은 바다를 채운다
누리고 싶고 취하고 싶은 마천루에서
나도 그럴 수만 있다면 마다할 이유가 없다

감천마을

감천마을 하늘 아래에는 참 많은 사람들이 산다
저마다의 사연과 연유들이 얽혀 필연과 악연의 경계에서
천 겹의 인연으로 이웃이 되었다
애환의 고개를 넘은 세월이 지나
어거지 옷을 입은 한국의 산토리니엔 삶의 터는 속절없이 사라지고
달동네 고달픔을 알 리 없는, 셀카봉 장착한 구경꾼들만 모인다

바다를 끼고 산다는 것

나는 바다를 따라 바다를 바라보며 인생을 살았다
어머니는 갯마을에서 나셨고 아버지는 배를 타셨다
고향에는 월포라는 아름다운 해변이 있었고
외가에는 장사라는 산토리니 닮은 어촌 마을이 있었다
그래서 늘 바다를 끼고 이사를 다녔고 송정에 집을 지었다
그 바다에서 건져 올린 횟감이 친구와 추억을 부른다

책말미에

깨어 있는 것이 두려운 시간을 달래고 겨우 잠들었지만
자정과 새벽 사이 무심코 눈을 떠 버렸고
기다렸다는 듯 못다 한 일에 대한 압박감과
앞으로 닥쳐올 일에 대한 두려움이 점령군처럼
비몽사몽의 내 머릿속 생각의 공간들을 거침없이 장악했다.
지나치게 생각과 걱정이 많은 것일까?
아니면 마주한 현실이 복잡하고 힘든 것일까?
결국 뒤척이다 하얗게 밤을 지새우고
치열한 인생의 전장으로 출근하기를
벌써 수십 년째 습관적으로 반복했다.
도대체 내가 무엇을 얻기 위함인지 모르겠지만
하루이틀도 아니고 언제 끝날 것인가 이런 구차한 날들이
일은 사람이 하고 사람은 진심이 움직인다는 믿음으로
우정과 연대의 진지 속에 안주하고 싶지만
현란한 처세와 음흉한 술수로 무장한 인간 군상들의
기만과 배신의 총알이 무자비하게 날아든다.
환멸과 회의로 생긴 격한 울분을 토하자니
지켜보는 가족이 엿볼까 걱정이 되고
맞서서 싸우자니 한통속의 뒤주에 갇힐까 두려웠고
인내하고 삭이자니 나의 도량이 턱없이 부족하였다.
하루만 더 일하면 죽을 것 같은 숨 막힘의 내상은
천근만근 무게로 짓누르는 갈등과 두려움으로
마치 꽈리를 튼 독사를 눈앞에 마주한 것 같았다.

그럼에도 불구하고, 구차한 미련을 버리지 못하고
내 스스로, 이 비열한 도시에 남을 수밖에 없는 이유가
의무를 다한 뒤 거룩한 보람을 느끼기 위한 것인지,
교만에 도취된 자기만족의 훈장을 달기 위한 것인지,
부귀영화의 달콤한 유혹에 빠져 버린 것인지,
자문자답해 보지만 답을 내리기가 참으로 어려웠다.
결국은, 마침내, 기어코,
내가 맞이할 종국에는 어느 말이 맞을지 모르지만
나를 믿고 의지하는 사람들이 나에게
믿음의 담보를 맡긴 이유가 있기에 숙명처럼 찾아온
자리의 무게를 견디면서 최선을 다할 뿐이었다.
나를 희생하고 헌신한 모습이 자식들에게는
고마움과 헌사의 대상은 될 수 있지만,
그런 과정에서 자신을 잃어버리고
노년에는 나약한 상실의 세월을 힘들게 사는
부모를 보고 싶은 자식들은 없을 것이다.
환갑을 맞아 1년의 안식년을 보내며
지나온 세월의 조각들을 모아 정리하고 보니
그나마 잃었던 내가 보이는 것 같아 행복했으니
이제 인생 2막 워라밸의 멋진 그림을 그려야겠다.
자기 인생에서 주체성을 갖고 자신에게 충실하게 사는 것은
이기적인 삶과는 결이 다르다.
자신에게는 한없이 인색하여 인생의 즐거움을 모른 채
힘들게 세상을 살아온 이 시대의 아버지들과
곧 따라올 미래의 아버지들에게 이 책을 바친다.